PRESO EM BATTLE ROYALE

DEVIN HUNTER

PRESO EM BATTLE ROYALE

BATALHA NOS CAMPOS FATAIS

LIVRO 1

**Uma aventura
NÃO OFICIAL de Fortnite**

Tradução
Rodrigo Abreu

1ª edição

— **Galera** —

RIO DE JANEIRO

2018

CIP-BRASIL. CATALOGAÇÃO NA PUBLICAÇÃO
SINDICATO NACIONAL DOS EDITORES DE LIVROS, RJ

H922b Hunter, Devin
Batalha nos campos fatais: uma aventura não oficial de Fortnite / Devin Hunter; tradução de Rodrigo Abreu. – 1ª ed. – Rio de Janeiro: Galera, 2018.
(Preso em battle royale ; 1)

Tradução de: Clash at fatal fields
ISBN 978-85-01-11589-8

1. Ficção infantojuvenil americana. I. Abreu, Rodrigo. II. Título. III. Série.

18-52110

CDD: 028.5
CDU: 087.5

Vanessa Mafra Xavier Salgado – Bibliotecária – CRB-7/6644

Título original:
Clash at Fatal Fields

Copyright © 2018, Skyhorse Publishing Inc.

Fortnite® é uma marca registrada da Epic Games, Inc.

Copyright do jogo Fortnite © Epic Games, Inc.

Este livro não é autorizado ou patrocinado pela Epic Games, Inc. ou qualquer outra pessoa ou entidade que detenha ou controle os direitos sobre o nome, a marca registrada, ou os demais direitos autorais de Fortnite.

Todos os direitos reservados. Publicado mediante acordo com Skyhorse Publishing, Inc.

Todos os direitos reservados. Proibida a reprodução, no todo ou em parte, através de quaisquer meios. Os direitos morais do autor foram assegurados.

Texto revisado segundo o novo Acordo Ortográfico da Língua Portuguesa.

Direitos exclusivos de publicação em língua portuguesa somente para o Brasil adquiridos pela
EDITORA RECORD LTDA.
Rua Argentina, 171 – Rio de Janeiro, RJ – 20921-380 – Tel.: (21) 2585-2000, que se reserva a propriedade literária desta tradução.

Impresso no Brasil

ISBN 978-85-01-11589-8

Seja um leitor preferencial Record.
Cadastre-se em www.record.com.br e receba informações sobre nossos lançamentos e nossas promoções.

EDITORA AFILIADA

Atendimento e venda direta ao leitor:
mdireto@record.com.br ou (21) 2585-2002.

Este livro não é autorizado ou patrocinado pela Epic Games, Inc. ou qualquer outra pessoa ou entidade que detenha ou controle os direitos sobre o nome, a marca registrada, ou os demais direitos autorais de Fortnite.

CAPÍTULO 1

Grey e seus amigos observavam o relógio, esperando os últimos minutos para o final da aula. Em geral, Finn é o mais impaciente, mas, naquele dia, era Grey. E não só porque era o último dia de aula.

— Entra no Discord para a gente poder conversar — disse Finn. — Vai ser mais fácil te ensinar assim.

— Certo — respondeu Grey, enquanto os segundos se estendiam. — Está no nome do meu pai, mas eu vou achar.

— Legal. Vai ser demais. — Finn deu um sorriso malicioso. — Embora você provavelmente seja um completo noob que vai me fazer morrer.

— Logo logo vou conseguir ganhar de você! Terei o verão inteiro para praticar — retrucou Grey. Os dois riram, e o sinal tocou, decretando a liberdade. — Vejo você online!

— Até mais!

Finn correu na direção dos ônibus, e Grey, que morava perto o suficiente da escola, foi caminhando. Ele disparou de volta para casa, deixando para trás o último dia do sexto ano. Aquele era o dia em que ele enfim poderia jogar Fortnite como o restante do pessoal. Havia tirado as notas exigidas por seus pais e ficara sem brigar com a irmã mais nova, mesmo quando ela o irritava de propósito. Seu pai tinha baixado a versão *Battle Royale* na noite anterior, prometendo que Grey poderia jogar no momento em que chegasse da escola.

Ele entrou apressado pela porta da frente e logo se lançou na direção do computador na sala de estar. A máquina era antiga e um pouco lenta, mas Grey não se importava. Ele o ligou e estava quicando de empolgação enquanto a tela se iluminava.

— Só por uma hora, Grey! — gritou sua mãe da cozinha.

— Está bem!

Ele se conectou ao Fortnite, pronto para se juntar às lutas épicas de que seus amigos viviam falando, mas, então, uma janela inesperada pipocou na tela.

Atualizando programa...

Grey suspirou. Como teria uma atualização se ele havia baixado o programa na noite anterior? Isso gastaria o tempo que ele tinha para jogar, que já era pouco. A barra de atualização mal se movia a princípio, graças à lentidão do computador, mas começou a ir mais rápido perto do fim. Ele posicionou a mão sobre o mouse, pronto para criar um perfil e saltar para a ilha pela primeiríssima vez.

Finn estaria à espera dele no Discord, e só faltava aquela atualização para Grey entrar no jogo. O amigo lhe ensinaria os detalhes — ele vinha jogando Fortnite desde o lançamento. Grey já conhecia o jogo por alto, depois de ter visto Finn jogar. O local favorito do amigo para começar era Campos Fatais. Finn fingia ser iniciante, então matava os outros poucos jogadores ali e ficava com o saque. Grey achava seu amigo esperto, embora talvez um pouco cruel por caçar noobs. Ainda assim, seria legal ter a ajuda e a proteção dele.

Finalmente a atualização terminou e Grey clicou em "Iniciar". Ao fazer aquilo, ficou com a visão turva. Ele tentou esfregar os olhos, mas suas mãos pareciam dormentes — não dava nem para saber se estava movendo os braços.

— Argh.

Ele achou que fosse vomitar, e aquela não era a melhor hora para ficar enjoado. Grey tentou focar na tela, mas logo sentiu uma forte tontura.

Ele olhou para as mãos e, assustado, puxou o ar. Teve a impressão de que elas estavam ficando invisíveis, e ainda pior: pareciam estar sendo sugadas para dentro da tela do computador. Parecia que ele estava caindo, e ao mesmo tempo seu rosto se aproximava da tela. Exatamente quando Grey achou que botaria o almoço para fora, tudo ficou preto.

CAPÍTULO 2

Assim que acordou, Grey não fazia ideia de quanto tempo havia se passado, mas era provável que tivesse desperdiçado todo o seu tempo de Fortnite. Ao abrir os olhos, ele imaginou que fosse se deparar com o próprio quarto. Talvez com sua mãe por lá para dar uma olhada no estado dele, pois o menino claramente havia adoecido. Ela devia tê-lo encontrado caído no chão, junto ao computador. No pior dos casos, ele imaginou, preocupado, que estaria em um quarto de hospital. Grey nunca tinha desmaiado antes, mas sabia que podia ser sério.

Mas o garoto não estava no quarto *nem* no hospital.

E a mãe dele não estava ali.

Enquanto passava os olhos pelo grande espaço aberto — algo que se parecia com um velho galpão de videogame —, Grey percebeu, surpreso, toda uma multidão olhando fixamente para ele. Eram pessoas de várias idades e raças, meninos e meninas, mas uma coisa todos tinham em comum: ninguém sorria.

As pessoas o encaravam como se estivessem o avaliando e, enquanto ele se levantava, suas bochechas coraram diante daquela observação. Grey passou a mão no cabelo castanho, desviando o olhar dos outros.

Será que estava com uma aparência estranha?

As mãos não tinham mudado de tamanho, a pele continuava da mesma cor. Vestia a mesma roupa de antes. Ele tocou o próprio rosto — não havia nada anormal.

Foi então que Grey percebeu que não era o único virado para a multidão. Havia outros quatro parados ali perto, igualmente confusos. A menina à sua direita parecia ter a idade dele, usava o cabelo preto preso num rabo de cavalo até a cintura. O rapaz à esquerda era mais velho, com idade suficiente para estar no ensino médio, e maior que Grey, tanto em altura quanto em largura. O garoto desejou ainda mais já ter passado pelo estirão de crescimento.

— O que está acontecendo aqui?

A pergunta veio do homem parado do outro lado da menina. Ele parecia ser tão velho quanto o pai de Grey, com cabelo e barba grisalhos.

Em resposta, uma mulher apareceu repentinamente na frente deles. Grey deu um salto para trás com o susto. Ele não podia ter acabado de ver aquilo. Era impossível. Mas a multidão a sua volta não parecia nem um pouco chocada. Agora que Grey olhava com mais atenção, percebeu que eles estavam entediados.

— Saudações, novos jogadores! — falou a mulher, sorrindo exageradamente. Ela vestia um terninho preto. — Bem-vindos à maior competição das suas vidas! Vocês foram selecionados ao acaso para essa edição especial de realidade virtual do *Fortnite Battle Royale*. Eu sou a Administradora e facilitarei o tutorial.

Grey não sabia o que pensar. Ele nunca ouvira falar de uma versão de realidade virtual de Fortnite e, até onde sabia, era preciso ter um visor especial para jogar em realidade virtual.

Mas não dava para negar que era a realidade virtual mais real que ele já tinha experimentado.

Colocou as mãos na cabeça, tentando pegar o que quer que estivesse ali, visor ou capacete. Talvez seus pais o tivessem surpreendido com um presente de formatura. Mas não havia nada. Ele não podia ouvir nada além do jogo ou sentir alguma coisa como sua cama ou uma mesa. Era como se ele estivesse mesmo *dentro* do jogo...

Algo assim era impossível.

— Eu não baixei nenhuma versão de realidade virtual! — berrou o homem mais velho.

— Como eu cancelo isso? Computador! Fechar programa!

A Administradora continuou a sorrir.

— Como falei, nenhum de vocês baixou essa edição. Vocês foram selecionados de todas as partes do mundo. Mas não se preocupem, serão capazes de se comunicar, e a fala de todos será traduzida para as respectivas línguas. Agora deixem-me explicar os parâmetros que devem ser atendidos para que vocês saiam da competição.

— Que coisa suspeita... — disse a menina ao lado de Grey.

Ela já estava com os olhos marejados, mas parecia lutar contra as lágrimas.

A Administradora continuou:

— Essa é uma nova temporada de competição no *Battle Royale*, e os cinco melhores jogadores da rodada anterior tiveram a chance de retornar ao mundo real. Deste modo, nós os recebemos para essa oportunidade imperdível! Vocês agora se juntam à luta pela próxima temporada de dois meses e, se ficarem entre os cinco melhores jogadores, também voltarão para o mundo real.

— Você quer dizer que estamos presos aqui por dois meses?! — exclamou o adolescente. — Eu tenho acampamento de futebol americano nesse verão! Você não pode nos sequestrar!

— Seus corpos estão atualmente num estado de coma do lado de fora do jogo — disse a Administradora. — Vocês não foram sequestrados. A mente de vocês está apenas processando essa realidade em vez daquela de onde vieram. Embora isso possa ser difícil de aceitar, será mais produtivo focar na tarefa presente, e deixar de lado aquilo que está fora do seu controle.

— Manda ver. A vida lá fora era uma droga mesmo.

Essa voz veio da pessoa que estava do outro lado do gigantesco jogador de futebol americano. Grey teve que se inclinar para conseguir ver a garota, que parecia mais velha que alguém do ensino médio, talvez uma universitária. Ela tinha cabelo verde e sorria como se tivesse acabado de receber um passe ilimitado para seu parque de diversões favorito.

— Essa é a atitude de uma vencedora — disse a Administradora. — Agora vamos revisar a estrutura e as regras. Primeiro, embora vocês possam estar familiarizados com o sistema de *Battle Royale*, a estrutura aqui é levemente diferente. Há apenas cem de vocês, então terão de jogar contra os mesmos adversários durante toda a temporada. Se o corpo de uma pessoa for eliminado enquanto sua mente estiver aqui, um corpo substituto imediato será obtido no meio da temporada. Mas isso ainda não aconteceu, então, por favor, não fiquem demasiadamente preocupados. E vocês terão permissão para formar alianças de até quatro pessoas em um esquadrão, mas também têm permissão para jogar sozinhos, se preferirem. Todas as combinações estarão no mesmo jogo, então cabe a vocês decidir o que funciona melhor para cada um.

— Isso é palhaçada — reclamou o mais velho. — Não dá para jogar sozinho contra esquadrões.

— Já vimos três jogadores ficarem entre os melhores jogando sozinhos — rebateu a Administradora. — Em relação às batalhas, esperamos que todos lutem em todas as batalhas. Serão cinco, e apenas cinco, batalhas oficiais por dia. Vocês têm permissão para treinar aqui no lobby. Há uma área de prática disposta de forma similar ao jogo. Vocês também podem discutir estratégia, mas, quando a batalha oficial começar, apenas esquadrões serão capazes de conversar entre si.

"O ranking dos jogadores será determinado pela média das pontuações em que vocês terminarem os jogos. Os cinco melhores jogadores não serão necessariamente os cinco que mais venceram batalhas, mas eles terão, de uma forma geral, um número maior de vitórias ou quase vitórias. No fim da temporada, aqueles com os cinco melhores rankings no jogo sairão dessa competição, e cinco novos jogadores serão acolhidos."

Acolhidos... Grey não achava que aquela era a palavra certa para a situação.

Embora ele tivesse ficado animado para jogar *Battle Royale* não fazia nem uma hora, agora que estava sendo forçado a jogar, aquilo já não parecia mais tão incrível. E ele não parava de pensar em como seus pais ficariam assustados ao descobrir que ele estava desmaiado e em alguma espécie de coma. Isso era confuso. Tudo era confuso.

—As regras dessa versão são semelhantes — continuou a Administradora com seu jeito insensível. Grey não sabia dizer se ela era um programa de computador ou se havia alguém no controle. De qualquer forma, ela parecia real, mas ao mesmo tempo mecânica. — Vocês devem saltar do Ônibus de Batalha e encontrar equipamento para se defender. Todos os itens e as maneiras de usá-los são semelhantes à versão do computador, assim como o mapa. A tempestade também funciona da mesma forma: você deve permanecer dentro do olho ou sofrer os danos.

"Suas aparências como novos jogadores serão geradas aleatoriamente, mas, à medida que subirem de categoria, vocês serão recompensados com poder de escolha na sua aparência e nas suas ferramentas. Isso ajuda os jogadores a saber quem tem um ranking maior no jogo e, com isso, quem precisam vencer para melhorar o próprio ranking.

"E isso é o básico. Alguma pergunta?"

— Meus pais vão processar vocês no segundo em que eu contar a eles sobre isso — falou o jogador de futebol americano. — Essa coisa toda é bizarra.

—Antes, eles terão que ser convencidos das suas alegações de que sua consciência passou todo esse tempo num videogame — respondeu a Administradora. — Nossos vencedores ainda não conseguiram persuadir ninguém dessa verdade.

— Por que vocês estão fazendo isso? — perguntou, em voz baixa, a menina de cabelo preto ao meu lado.

— É um experimento em vários níveis — explicou a Administradora. — Para testar a tecnologia, para observar o comportamento humano sob situações de estresse.

— Isso é antiético — resmungou o homem mais velho.

— Talvez — rebateu a Administradora. — Mas, de todo modo, suas opiniões não lhe darão passe livre.

— Vocês todos podem parar de choramingar? — sugeriu a garota de cabelo verde. — Bem, menos o garoto quieto. Vamos à luta!

— Grey — falou a Administradora. — Hazel tem razão sobre você não ter falado nada. Gostaria de acrescentar algo antes de começarmos as batalhas de hoje?

Grey sentiu todos os olhares sobre ele. Havia tantos pensamentos correndo em sua mente que era difícil transformar algum em palavras. Ele enfim se decidiu:

— Não me parece que falar com você vai mudar alguma coisa, então não vejo sentido.

A Administradora sorriu, mas aquilo não fez com que Grey se sentisse melhor.

— Então vamos às batalhas. Esse é o Dia Um da temporada. Desejo sorte a todos vocês.

A Administradora desapareceu, e uma sirene soou no galpão. Enquanto os outros jogadores se levantavam e começavam a conversar, uma voz grave anunciou:

A batalha um começa em trinta segundos. Jogadores, preparem-se!

Grey entrou em pânico assim que as palavras foram assimiladas. Ele não teve tempo para se preparar. Finn não estaria lá para ajudá-lo. Ele teria que jogar sozinho e estaria na ilha de verdade e não olhando-a por uma tela.

— Prontos para serem eliminados, noobs? — gritou alguém da multidão. Várias pessoas riram.

— Vou matar você primeiro! — respondeu Hazel.

Grey não respondeu. Não havia razão para fazer de si mesmo um alvo quando já se era um noob. Tudo o que ele podia fazer era respirar fundo e torcer para não ser eliminado primeiro.

CAPÍTULO 3

Grey já conhecia bem o Ônibus de Batalha azul brilhante que voava sobre a ilha, mas nunca tinha imaginado *estar dentro dele* como agora. O assento duro, o espaço apertado, o vento quando a escotilha traseira se abriu. Neste momento, ele percebeu que teria que saltar do ônibus e descer em queda livre.

Ele nunca tinha gostado da sensação de cair.

Embora tudo parecesse real, algumas partes revelavam que não era. Como o minimapa no lado direito da visão, acompanhado por quadrados vazios em que ele havia visto os itens de inventário de Finn, quando o amigo os coletava no jogo. Era possível também ver uma barra verde que indicava sua saúde e outra para o escudo que ele ainda teria que preencher. Grey sabia que precisava encontrar um item de escudo para a barra ser preenchida e ficar azul.

Ninguém tinha a mesma aparência do lobby — como eles seriam na vida real. Agora estavam todos projetados e vestidos como se fossem parte do *Battle Royale*. Algumas pessoas usavam trajes estranhos, como chapéus de dinossauro ou uma roupa de super-herói, e muitos levavam mochilas diferentes nas costas. Grey havia notado esses "visuais" quando via Finn jogar, mas não eram vinculados ao ranking, como a Administradora tinha dito.

Ele precisava admitir que queria as skins bacanas.

Os outros provavelmente ganharam aquele visual como recompensa por rankings em temporadas anteriores, porque ele não via uma forma de mudar a própria aparência. Ele vestia apenas o traje padrão: uma camiseta sem manga e calça camuflada. Seu personagem era masculino, com a pele três tons mais escura do que a sua na vida real. Ele se sentia muito mais alto e com braços sarados.

Por mais assustado que Grey estivesse, uma centelha de empolgação se acendeu dentro dele. Talvez a competição não fosse tão ruim. Ele estaria jogando um jogo, afinal. Não era como se fosse morrer na vida real. Caso se esforçasse o suficiente, talvez pudesse chegar aos cinco melhores antes do fim da temporada e voltaria para casa antes de começar o ano letivo.

Ele tinha que torcer por aquilo, porque o Ônibus de Batalha se abriu e as pessoas começaram a saltar. Alguns ficaram para trás, e Grey estava entre eles, porque percebeu que não tinha nem parado para pensar até qual lugar no mapa deveria ir. Ele vira alguns lugares com Finn, mas não sabia onde eles de fato ficavam.

Alguns locais seriam morte instantânea, porque muitas pessoas gostavam de pousar lá. Outras áreas seriam menos povoadas, mas também não contariam com itens muito bons para saquear.

Grey não tinha nenhuma ilusão de que venceria o primeiro jogo — não contra 99 outras pessoas —, mas não queria mesmo ser o primeiro eliminado.

Ele decidiu que um local mais remoto seria o melhor para seu primeiro jogo. Não que ele soubesse exatamente que local seria considerado remoto, mas daria para observar onde as demais pessoas saltariam se esperasse mais um pouco.

Eles sobrevoavam o meio do mapa agora, com cerca de dez pessoas ainda no Ônibus de Batalha. Apenas uma delas trajava o mesmo que ele: calça camuflada e camiseta sem manga e sem graça. Foi, então, que Grey percebeu o erro que havia cometido. Todos os outros tinham trajes e mochilas bacanas. Ele não sabia o que significava um ranking maior do que o outro, mas podia sentir os jogadores olhando para ele e para o outro novato.

Eles estavam esperando que Grey saltasse... para que pudessem segui-lo e eliminá-lo imediatamente.

Sobravam dois "noobs" e oito outros jogadores — o suficiente para dois esquadrões de quatro. Ele começou a achar que se tratava de uma tática planejada. Talvez cada novo jogador tivesse um grupo como esse pronto para matá-lo.

Não era justo.

No jogo normal não era tão óbvio quem era novo e quem era profissional. Havia milhões de pessoas jogando, e cada jogador raramente era emparelhado com as mesmas pessoas. No entanto, nesse mundo, as roupas tornavam tudo óbvio. Se todas essas outras pessoas também queriam ir para casa, é claro que puniriam os novatos.

Grey não podia esperar mais. Ele tinha que pular antes que ficasse óbvio onde planejava pousar. Ele correu para a escotilha aberta — ouvindo vários pares de passos atrás dele — e saltou com a esperança de que a sua asa-delta se ativasse de imediato, como acontecia com Finn. A asa-delta ajudaria a direcionar seus movimentos mais próximo ao solo.

Ao olhar para trás, ele viu quatro pessoas voando acima. Era possível que fossem eliminá-lo na hora, mas ele tinha que tentar se quisesse voltar para casa.

Talvez, se encontrasse uma boa arma primeiro, ele tivesse alguma chance.

Quando a asa-delta de Grey foi ativada, o menino soltou um suspiro aliviado com a diminuição da velocidade na queda. Seu mapa lhe dizia que aquele lugar ficava entre as Fontes Salgadas e os Campos Fatais, e Grey tentou focar naquilo e não nas pessoas que vinham atrás. Ele precisava de uma arma, de um escudo, de ataduras — então talvez, com sorte, ele conseguisse se defender.

Finn sempre gostou dos Campos Fatais, então Grey imaginou que seria uma boa alternativa. Pelo menos já era familiarizado com a configuração da fazenda, embora ainda não tivesse jogado nela. Sabia que havia muitos baús ali, e que seria arriscado, porque as construções ofereciam campos de batalha apertados onde ele poderia facilmente ser encurralado.

A asa-delta tornou o movimento mais fácil de controlar. Grey seguiu na direção do longo celeiro cinzento, na esperança de chegar lá primeiro e encontrar um bom baú para arrombar.

Ele correu o mais rápido possível assim que pousou sobre a terra, seus passos soando alto demais. Ele não tinha tempo para ser sorrateiro, não ainda. Aqueles outros jogadores logo estariam ali, vindo atrás dele ou coletando itens que usariam para eliminá-lo. Todo mundo recebia uma picareta como padrão para demolir materiais de construção, e ele já vira gente lutando com a picareta como arma, mas ela não causava muito estrago.

Dentro do celeiro estava mais escuro, e seus olhos demoraram a se ajustar à mudança. Havia baias como um estábulo, e ele se lembrou de ter visto Finn encontrando itens ali.

Dito e feito: havia uma caixa de tesouro em uma das baias. Várias coisas saltaram dela quando Grey a abriu, e ele apanhou a primeira arma que viu. Era uma pistola. Nada de mais. Mas havia um escudo, que ele usou imediatamente para receber mais proteção. Também havia munição, então, pelo menos, estava melhor do que se não tivesse encontrado arma alguma. Ele só teria que arranjar algo para complementar. Tinha que haver mais coisas nesse celeiro.

Foi então que ele ouviu aquilo — tiros.

O clarão de uma bala passou raspando nele, fazendo-o se abaixar enquanto procurava o jogador. Ele tinha apenas nove balas. Balas de pistola. E isso não causaria estrago suficiente para eliminar alguém com escudo.

Ele não tinha a menor chance de matá-los, então fez a única coisa possível: usou sua picareta para bater na parede ao lado. Aquilo lhe deu madeira para usar na construção, mas também proporcionou uma rota de fuga.

Grey derrubou a parede enquanto vários disparos o atingiam e desgastavam seu escudo. Qualquer que fosse a arma daquele jogador, ela era muito melhor do que a que Grey tinha encontrado.

Ele se protegeu atrás da árvore mais próxima, mas já podia dizer que era tarde demais.

Os disparos continuavam vindo e, então, ele viu um jogador aparecer do outro lado. Sua saúde se esvaiu e logo a visão ficou turva. Palavras apareceram enquanto ele congelava no lugar:

Eliminado por Ben.

Exatamente como temia, Grey tinha sido o primeiro a cair. No fim das contas, talvez não fosse ser tão fácil voltar para casa.

CAPÍTULO 4

Grey teve que esperar e assistir até a primeira batalha terminar. Que vergonha. Ele não sabia exatamente o que acontecia entre as lutas, mas tinha a impressão de que os jogadores conversavam e com certeza alguém zombaria dele. Provavelmente vários alguéns.

Ele tentou não se sentir tão mal, porque observar os outros poderia ajudá-lo — e podia fazer aquilo enquanto estava eliminado da batalha. Não sabia quem era bom e quem não era, então decidiu que observaria o sujeito que o tinha abatido, "Ben". Ele tinha outro jogador no esquadrão, alguém chamado Tristan. Ben tinha uma mira boa e conseguiu mais uma eliminação, mas foi eliminado na posição 71. Depois daquilo Grey não sabia quem observar, mas logo pensou em Hazel, a nova jogadora confiante.

Por que não? Embora ela provavelmente já tenha sido eliminada.

A lista de jogadores voltou a aparecer em seu campo de visão — o simples fato de pensar no nome dela tinha trazido a transmissão do jogo dela para selecionar. Então ele a selecionou e descobriu, para sua surpresa, que Hazel continuava viva. Sobravam apenas quarenta pessoas a essa altura. Então ela era mesmo boa, não era só papo. Talvez ela conseguisse voltar nessa temporada.

Mas Hazel não durou muito mais. Quando a tempestade diminuiu a área de jogo, ela estava numa posição ruim e mal conseguiu voltar para o interior. Enquanto aplicava as ataduras, alguém a flagrou, e a eliminação foi inevitável.

Ela era a última das pessoas que Grey conhecia, então ele pulou de transmissão em transmissão para observar os principais jogadores. Aquilo não o fez se sentir bem em relação às próprias chances. Os jogadores sabiam como construir rápido e tinham mira certeira. Ficou bem claro que eram os melhores; parecia impossível ficar tão bom assim em apenas uma temporada. Especialmente por eles terem muito mais prática.

Grey precisava de ajuda. Mas quem ajudaria o jogador que ficou na posição 100 depois da primeira rodada?

Quando restaram apenas dez jogadores e a tempestade cercava uma pequena porção do mapa, a batalha não durou muito mais. Todos eram obrigados a ficar perto. As lutas eram velozes e furiosas, e Grey teve dificuldades para acompanhar o desenrolar dos combates. Finn não era tão bom assim. Grey tinha visto vídeos online de jogadores como esses, que conseguiam construir e surgir com táticas num piscar de olhos, mas seus pais odiavam quando ele assistia àquilo e geralmente o faziam fechar o vídeo assim que percebiam o que o menino estava assistindo.

Uma pessoa chamada Tae Min ficou na primeira colocação. Usava um traje blindado e dançava para comemorar a vitória, mas Grey não fazia ideia de quem ele ou ela era entre todas as pessoas que vira no galpão.

A visão de Grey ficou preta e, de repente, ele se viu de volta no galpão com todos os outros, bem onde estava parado antes do começo da batalha.

Uma hora até o próximo Battle Royale!, anunciou a voz grave que saía pelas caixas de som. Um grande cronômetro se acendeu numa parede próxima, contando os segundos até que ele passasse por tudo aquilo novamente.

Bem ao lado do cronômetro estava uma lista com os nomes de todos os jogadores, ranqueados pelo primeiro jogo. Grey afastou o olhar, sabendo exatamente qual era sua posição ali.

Algumas pessoas conversavam dentro dos respectivos grupos, o que Grey imaginou que fossem esquadrões no jogo. Outros discutiam. Muitos saíram do galpão; aonde iam, Grey não sabia. Várias pessoas abordavam os novos jogadores, mas a maioria se aproximou de Hazel.

— Você mandou bem, garota — disse uma mulher que parecia ter a idade da mãe de Grey. — A gente está com uma vaga no nosso esquadrão. O que acha de se juntar ao time?

— Quais são os seus nomes? — perguntou Hazel, com um sorriso satisfeito. — Quero checar seus rankings antes de me comprometer.

— Ei! Eu preciso de um grupo! Fiquei na posição 78 — falou o homem mais velho.

— Eu também! — comentou o jogador de futebol americano. — Terminei na 59! Nada mau para a minha primeira vez!

Grey recuou. Não faria sentido pedir para fazer parte de um grupo, com o nome no fim da lista. Ao recuar, ele esbarrou em alguém:

— Ah, desculpa...

Era a menina nova, a que usava o rabo de cavalo comprido. Ela começou a se afastar — parecia que estava à beira das lágrimas.

— Tudo bem.

Ela também deve ter ficado numa posição ruim. Ele olhou para o quadro do ranking e logo acima dele estava alguém chamado Kiri. Podia ser um nome de menina. Talvez fosse ela.

— Você também ficou com um ranking ruim? Você é a Kiri?

Ela o encarou, então se virou e seguiu andando.

Ele decidiu segui-la. Porque talvez eles não formassem a melhor equipe de todos os tempos, mas seria melhor do que nada.

— Não estou tentando debochar de você! Eu fiquei em último!

— Saia daqui! — berrou a menina.

Eles saíram do galpão e, para sua surpresa, havia um vasto espaço do lado de fora que se parecia muito com o jogo. Havia prédios e colinas, árvores e arbustos para usar como esconderijo. As estruturas mais próximas pareciam ser cabanas para ocupar, pois várias pessoas estavam paradas do lado de fora. Havia também uma grande clareira e outro galpão, mas esse parecia ter sido instalado para praticar.

A menina não parou de caminhar, e aumentou o passo numa corrida assim que eles chegaram do lado de fora.

— Ei, espere! — gritou ele.

— Me deixe em paz! — berrou ela, enquanto entrava na área florestal junto às cabanas. — Não quero falar com você!

Ele parou de caminhar. Ela obviamente não queria ajuda e ele também não tinha muito tempo para convencê-la antes da próxima batalha. Ele teria que mudar seus planos se nem mesmo a segunda pior jogadora estava disposta a se juntar a ele.

Talvez fosse melhor checar a área de prática.

Porque, mesmo que estivesse em centésimo no ranking, ele não estava prestes a desistir. Algumas vezes os jogos são uma questão de sorte e ele poderia se sair melhor na próxima vez. Talvez, se ele conseguisse ficar em uma posição decente no próximo jogo, as pessoas vissem que ele pelo menos poderia ir melhorando.

Como Grey imaginava, ao chegar ao outro galpão, palavras pipocaram em seu campo de visão: *Ativando Modo de Prática*. As janelas de inventário do *Battle Royale* apareceram no canto direito da visão, assim como aquelas para os materiais. Ele agora seria capaz de sacar uma picareta. Várias pessoas tinham itens de dentro do jogo. Elas atiravam umas nas outras, mas ninguém parecia estar sofrendo danos. Ele não viu medidores de escudo ou de vida como no jogo, então supôs que devessem ficar desabilitados no treino. Os outros jogadores construíam estruturas e corriam ao redor delas, conversando sobre qual seria um bom lugar para ficar ou como mirar.

Ao vê-lo passar, eles paravam de conversar e o encaravam. Não deviam querer que ele escutasse as estratégias. Nada de aprender com os outros. As pessoas pareciam estar em seus esquadrões, e ele mais uma vez se sentiu excluído.

Só que Grey não deixaria aquilo impedi-lo. Ele entrou marchando no galpão, onde havia itens dispostos nas paredes para ele pegar. Apanhou um rifle — como ele queria ter encontrado aquilo em vez de uma pistola no primeiro jogo! Não tinha munição, mas a arma exibia um sinal de infinito. Armas de treino deviam ser livres das restrições que tinham no jogo. Ele decidiu experimentar algumas outras. O mínimo que ele podia fazer era praticar a pontaria.

— Ei, 100 — falou uma voz de garoto.

Grey se virou, encontrando um garoto louro com um sorriso confiante. Ele tinha a sensação de que não seria uma conversa agradável:

— E aí?

— Sou eu, Ben — disse o garoto, com uma risada. — Fui eu que te matei.

— Ah.

Grey não sabia o que falar, mas seu rosto ficou quente.

— Não se preocupe tanto assim. Ninguém fica na centésima colocação por mais de um jogo — continuou Ben. — Médias, sabe? Quantos anos você tem?

— Doze — respondeu Grey.

— Bacana, eu tenho 13. E de onde você é?

— Da Califórnia — disse Grey.

— Legal, eu sou de Utah. — Ben ergueu o rifle. — Eu e meu camarada Tristan estamos brincando de pique-esconde. Quer treinar com a gente?

— Sério? — Grey mal podia acreditar naquilo, vindo do sujeito que o tinha matado sem piedade no jogo. — Seria incrível.

— Vamos encontrar Tristan, então. Ele já teve tempo mais do que suficiente para se posicionar. — Ben se dirigiu para o lado de fora do galpão, com Grey o seguindo de perto. Agora que a morte não era iminente, ele percebeu que correr não o deixava ofegante. Então esse não era seu corpo de verdade, mesmo que a sensação fosse a mesma. Não parecia haver dor também. Pelo menos isso era positivo. — A zona de prática é toda essa área, mais aquelas montanhas e a cidade fantasma naquela direção. Se você sair dela, seus itens desaparecem e você não pode ser atingido.

— Entendi.

Grey vasculhou a área, notando que havia vários obstáculos que imitavam o jogo. Pedras e árvores para serem quebradas e juntar materiais, cabanas e construções para usar como proteção.

— Aposto que ele está na cidade fantasma — disse Ben. — Tristan gosta de lutar em espaços apertados, apesar de não ser muito bom nisso.

— Por que ele gosta, se é ruim? — perguntou Grey.

— É mais empolgante.

Ben diminuiu o passo enquanto eles se aproximavam da versão mais previsível possível de uma cidade fantasma do Velho Oeste. Era uma longa rua com construções de madeira desgastadas dos dois lados. Grey esperava que as bolas de feno voassem com o vento, mas elas permaneciam no lugar. Ele percebeu que não havia brisa no videogame. Eles agacharam atrás de uma porção de fardos de feno.

— Por falar nisso — disse Ben —, Tristan é um pouco ranzinza. Não deixe isso chatear você.

— Ranzinza? — repetiu Grey.

Ben deu de ombros:

— Sim, não é amigável. Mas ele não é ruim. Ele é da Alemanha... não acho que o tradutor ajuda. Ele é apenas muito... honesto. Pode ficar irritado por eu ter trazido você, mas vai ficar bem. Ele só está chateado porque não conseguimos ir para casa na última temporada. De novo.

Esse aviso não fez Grey se sentir bem em relação a concordar com aquilo, por mais que ele quisesse aprender com outros jogadores:

— Será que eu devo voltar?

— Ah, não! Fique — disse Ben. — Me dê cobertura, certo?

— Vou tentar...

Ben saiu e correu na direção do que parecia ser um saloon, com as portas bangue-bangue e tudo mais. Grey seguia de perto, quando alguns disparos quebraram as janelas e atingiram Ben.

Ele não titubeou, embora seu corpo tenha piscado em vermelho ao levar os tiros:

— Eu sabia que ele estaria aqui! Mudança de planos... você dá a volta. Tem uma porta para a cozinha. Ele nunca vai imaginar que você é esperto o suficiente para isso.

— Certo.

Grey tentou ignorar o leve insulto, porque ele estava aprendendo. E ele precisava aprender o máximo que pudesse. Enquanto Ben atirava pela porta bangue-bangue e Tristan atirava de volta, Grey saltou sobre o corrimão da varanda e seguiu para a porta dos fundos.

Pela primeira vez, desde que tinha entrado nessa versão hackeada do *Battle Royale*, Grey sorriu. Isso era muito mais divertido quando não havia o ranking em jogo. Ele não se sentia obrigado a ser perfeito. Podia não conhecer Ben ou Tristan, mas nada lhe impedia de fingir por um segundo que estava jogando com Finn, do seu computador em casa.

Os tiros que Tristan e Ben trocavam abafaram o som dos passos de Grey. Ele abriu a porta dos fundos e ergueu a arma que tinha escolhido. Era uma "scar", uma das melhores. Grey espiou pelo canto da cozinha. Lá estava um garoto de cabelo louro escuro, muito alto e magro. Grey presumiu que fosse Tristan, naquele momento tão concentrado em atirar da escadaria que nem o tinha visto.

Grey tinha uma oportunidade perfeita, então atirou.

O garoto tomou um susto e seus olhos se viraram de imediato para a posição de Grey:

— O que...?

Ben entrou correndo pela frente do saloon, rindo com vontade:

— Peguei você! Trouxe apoio dessa vez. Esse é o Grey.

— Ranking 100? — Tristan olhou para Grey com uma expressão cética. — Por que você o trouxe? Ele foi horrível.

Lá estava a honestidade ranzinza da qual Ben havia falado.

— Ele foi direto para a área de prática depois do jogo. — Ben deu de ombros. — Não sei, isso mostra determinação pelo menos. Acho que ele tem potencial, se estiver disposto a se esforçar.

Tristan suspirou:

— Não podemos continuar a pegar esses coitados, Ben. Precisamos de um esquadrão *melhor.*

— Bem, eles não vão nos recrutar! — respondeu Ben. — E, de qualquer forma, é melhor estar em grupo. Ele seguiu minhas instruções perfeitamente.

— Ele vai nos abandonar como os outros. — Tristan encarou Grey. — Ele vai criar algumas habilidades e depois vai ser recrutado por algum outro grupo, como sempre. A não ser que você queira ficar aqui para sempre, ranqueado na casa dos setenta ou sessenta.

— Você é tão negativo — resmungou Ben. — Só estou tentando nos ajudar.

Grey percebeu que aquela poderia ser sua única chance de ter um grupo e não estava nem um pouco a fim de deixá-la passar.

— Não vou abandonar vocês. Prometo. Por que eu sairia?

— Uma promessa não vai significar nada quando um esquadrão de ponta tiver uma vaga aberta. — Tristan se apoiou no corrimão da escada. — Todos nós trairíamos uns aos outros para ter uma chance de escapar.

— Qual é, Tris? — falou Ben. — Mesmo depois de todo esse tempo?

— Nem nos sentiríamos mal — respondeu ele.

Ben parecia magoado, mas tentou afastar o sentimento.

— Veja bem, você não será recrutado se nós não tivermos um esquadrão completo. Precisamos de trabalho de equipe para alavancar os nossos rankings. Nenhum de nós é um jogador solo. Não podemos apenas dar uma chance a ele? Como você disse, nada é permanente.

— Tudo bem, uma chance — disse Tristan, enquanto seguia para a porta da frente do saloon. — Vamos, a próxima batalha vai começar logo.

— Esse é o espírito! — Ben ofereceu um grande sorriso a Grey. — Prometo que ele é melhor do que parece. Tristan só está aqui há muito tempo sem fazer muito progresso. Algumas vezes ele acha que nunca vai sair.

— Quanto tempo? — perguntou Grey, enquanto cruzava o aposento para sair com Ben.

— Desde o começo. Cinco temporadas completas.

Ben caminhava com ele enquanto Tristan permanecia vários passos adiante.

— Dez meses? Que droga.

Grey mal podia acreditar naquilo... e Tristan ficaria aqui por pelo menos mais dois meses. Um ano inteiro de vida. Preso num videogame.

— Não é tão ruim — falou Ben, embora seu sorriso não estivesse tão brilhante quanto antes. — Não tem dever de casa. Ou nossos pais gritando conosco. Ou tarefas. Quer dizer, perdi todo o sétimo ano a essa altura, mas ouvi falar que nem é tão bom assim.

— É...

Grey sentiu um calafrio subir por sua espinha. Certamente Ben também estava aqui havia todo esse tempo. Será que Grey passaria o próximo ano da própria vida no *Battle Royale*? Não que ele soubesse quais eram as probabilidades exatas de sair, mas, de repente, elas lhe pareciam bem menores.

Próximo Battle Royale em um minuto!, disse a voz grave, ressoando pela área.

— Pronto para elevar esse ranking? — perguntou Ben.

Grey assentiu com a cabeça:

— E como.

Os segundos passavam e, apesar de eles não estarem nem perto do galpão em que Grey tinha começado, sua visão ficou escura e ele se preparou para o que veria em seguida — o Ônibus de Batalha azul e a ilha que guardava o seu destino.

CAPÍTULO 5

Talvez Ben e Tristan estivessem ranqueados apenas na faixa dos setenta depois da primeira batalha, mas Grey estava mais do que feliz por tê-los ao seu lado nesse jogo. Diferentemente de todos os jogadores anônimos da última batalha, dessa vez "Ben" e "Tristan" pairavam sobre dois jogadores próximos. Os dois eram representados por avatares femininos, com vestimentas comuns como as dele, mas tinham mochilas listradas. Isso devia ser um dos indicadores de ranking.

— Vamos para as Fontes Salgadas — falou Tristan.

— Deve ter itens o suficiente para todos nós lá — disse Ben. — Apenas venha com a gente, Grey. Jogue como apoio, como no treino.

— Entendi.

Grey estava determinado a causar uma boa impressão dessa vez. Não tinha como ser o último no ranking com esses sujeitos no seu esquadrão.

— Ah, uma regra do esquadrão: eu distribuo os itens — anunciou Tristan. — Para as coisas boas não serem desperdiçadas com novatos como você.

— Certo, faz sentido.

Grey tentou se lembrar de como Ben disse que Tristan sempre soava ranzinza. Ele não estava errado até agora. Grey simplesmente teria que aceitar o que recebesse, mas certamente seria melhor do que a pistola que conseguira no último jogo.

— Saltando... agora!

Tristan pulou do avião. Ben e Grey o seguiram de perto. Eles estavam sobre a ilha, e a única forma pela qual Grey podia se guiar era o minimapa. Ele indicava que os meninos estavam voando por cima de um local chamado Cratera Empoeirada — ele se recordava de ser um lugar para lutas complicadas, de acordo com Finn. Quando eles acionaram os planadores, Grey viu que Ben e Tristan também tinham conquistado planadores no estilo de um guarda-chuva em vez da asa-delta padrão.

Isso significava que eles tinham conseguido uma "Vitória Royale" em seu tempo jogando. Pelo menos era assim no jogo normal.

Fontes Salgadas parecia um bairro, um dos melhores, com grandes árvores e casas espaçosas. Grey não vivia num lugar como aquele, mas num bairro com residências todas amontoadas. Ele repentinamente sentiu saudades de casa, percebendo que, nesse ritmo, demoraria muito tempo para vê-la.

Em vez de pousar no solo, eles aterrissaram no telhado de uma casa e começaram a quebrá-lo para entrar. Grey se sentiu um pouco idiota por não ter pensado nisso no jogo anterior — ele simplesmente pousou no chão. No entanto, ao fazer aquilo agora, muitos vídeos que ele tinha visto começavam assim. Seu amigo Finn também tinha usado essa tática.

— Você tem alguma prática em luta? — perguntou Tristan, enquanto eles caíam pelo telhado quebrado e pousavam bem em cima de um baú dourado.

— Só o que fizemos hoje — admitiu Grey, enquanto abriam o baú. — Apenas observei amigos e streamers antes.

— Então você conhece o básico pelo menos. Mas não podemos nem mesmo estimar se você é bom com alguma coisa. — Tristan apanhou o Rifle de Assalto básico que saltou do baú. — Não posso confiar que você vai saber usar esse aqui bem, apesar de ser básico. Você pode ficar com ele se eu achar algo melhor.

— Tudo bem.

Grey tinha que admitir que era justo, embora fosse irritante ouvir aquilo de novo. Ele queria um bom saque para ver o que conseguiria fazer com aquilo, mas entendia. Se Ben e Tristan tivessem armas melhores e com uma mira melhor do que a dele, todos teriam uma chance mais alta de sobreviver por mais tempo.

— Temos que ir rápido — disse Ben, enquanto eles quebravam o chão e fugiam do sótão. O aposento tinha munição e ataduras, mas não tinha um baú. — Normalmente tem muito saque nessa casa, então não se preocupe. Fique de olho nos inimigos.

— Certo.

Grey fez exatamente aquilo. Ele os protegeu enquanto os baús eram abertos e o saque era recolhido. Ele ficou com o "pior" do equipamento, mas ainda tinha um rifle, uma pistola, munição e ataduras suficientes para se sentir mais seguro do que em sua primeira batalha. Ele também aprendeu como saquear uma casa muito mais rápido — esses sujeitos definitivamente tinham decorado onde e como pegar os itens bons.

O que era ainda melhor é que alguns jogadores já tinham sido eliminados em algum lugar do mapa. Isso significava que, desta vez, Grey não fora o primeiro eliminado. Seu ranking subiria.

— Olhe ali naquela outra casa — sussurrou Ben, como se os inimigos pudessem ouvi-lo. — O que você está vendo?

Grey espiou pelas janelas, sem ver nada no primeiro momento. Só que aí percebeu que havia uma fenda no telhado onde ele tinha sido quebrado.

Exatamente como eles haviam feito.

— Tem mais alguém lá — disse Grey.

— Exatamente. — Ben sorriu. — Hora de conseguir alguns abates.

— Temos contato visual? — perguntou Tristan, enquanto usava uma das armadilhas que eles tinham encontrado para fazer uma barricada na porta.

Grey sabia que a armadilha danificaria qualquer um que tentasse passar pela porta ou quebrar a parede.

— Ainda não. — Ben seguiu para outra janela, espiando e voltando para evitar que alguém atirasse nele ou o visse. — Grey, cheque a outra ali.

— Certo. — Grey se moveu até a janela no fundo da sala de estar onde eles tinham acabado de saquear a casa. Havia duas janelas ali. Ele imitou o que Ben havia feito para checar se havia jogadores inimigos. Um movimento chamou sua atenção. Com o coração à toda, ele se escondeu atrás da parede.

— Um ali atrás! Talvez mais.

— Viram você? — perguntou Tristan.

— Acho que não.

— Então atire!

— Tá legal.

Grey ergueu sua arma e respirou fundo para estabilizar a mira. Ele espiou novamente pela janela e avistou o jogador derrubando uma árvore para juntar materiais. Não parecia estar num grupo. Ele ergueu o rifle e apertou o gatilho.

Números apareceram acima do jogador, primeiro azuis para mostrar dano ao escudo e então brancos pelos danos ao personagem.

Antes que ele pudesse piscar, o jogador caiu no chão e seu saque se derramou de dentro dele.

Você eliminou Kiri.

Grey mal podia acreditar naquilo, mas tinha acabado de eliminar seu primeiro jogador. Ele se sentiu mal por ter calhado de ser a garota logo acima dele no ranking, mas era assim que funcionava. Ela não tinha sido a primeira eliminada naquela batalha também, então pelo menos eles dois tinham se saído melhor do que antes.

— Boa, cara! — falou Ben, enquanto aparecia atrás de Grey. — Vamos ver o que ela tinha.

Eles saíram e examinaram o saque de Kiri. Aquilo fez Grey se sentir mal, mas ela tinha uma arma muito boa, que ele apanhou.

— Posso ficar com isso? Por eu ter conseguido a eliminação?

Tristan pegou a arma para ele.

— Não, eu fico com ela. Você pode ficar com o Rifle de Assalto básico. Não podemos desperdiçar essa munição... não tem muita.

Grey queria discutir, mas não havia tempo. Ele pegou o que Tristan lhe deu, pois ainda era melhor do que o que ele tinha, e havia muita munição para aquela arma.

— Teremos que encontrar mais — falou Ben.
— Rápido, vamos saquear o resto desse lugar e recolher algum material antes que a tempestade diminua a área de jogo.

— Estamos numa posição ruim — disse Tristan. — Será perigoso chegar à zona segura.

Grey olhou para o minimapa e percebeu que a zona indicada para a próxima tempestade estava mesmo muito mais distante do que seria ideal. Se eles fossem pegos, sofreriam mais dano até chegar a uma área segura. Talvez não fossem eliminados imediatamente, mas aquilo os deixaria fracos e vulneráveis.

Grey derrubou algumas paredes com seu novo esquadrão e viu a madeira preencher sua janela de suprimento. Ele nunca tinha construído nada, mas sabia como era importante aprender a construir bem. Quem fosse capaz de criar uma estrutura rapidamente, muitas vezes tinha vantagem contra os oponentes. Eles também correram pelo restante das casas das Fontes Salgadas, encontrando outro jogador solo que quase derrubou Tristan. No entanto, Ben eliminou o inimigo a tempo e Tristan usou um "vira-vira" para preencher totalmente seu escudo e sua barra de vida.

Quando Grey parou para ver, havia apenas sessenta jogadores no mapa. Era uma grande diferença da última batalha, e ele estava feliz, porque isso aumentaria sua média.

Mas o cronômetro da tempestade continuava funcionando e parecia que talvez eles precisassem andar logo.

— De quanto saque precisamos?

— O máximo possível — respondeu Tristan.

— A Via do Varejo não fica muito longe, mas precisamos de saque e de materiais. Já deve ter mais gente por lá — disse Ben.

— Certo.

Grey não quis falar em voz alta, mas tinha medo de ser pego na tempestade. Aquela parecia uma forma bastante vergonhosa de ser eliminado, levando em conta que tudo o que era preciso fazer era prestar atenção e não ficar nela.

Eles tinham um minuto para chegar à zona segura.

Não parecia ser tempo suficiente e, enquanto eles saíam das Fontes Salgadas e seguiam para as margens da Via do Varejo, a bruma roxa da tempestade os atingiu. Grey começou a entrar em pânico enquanto sofria danos, embora fosse apenas um traço de saúde de cada vez. A saúde de todos eles se esvaía enquanto corriam, o que já era ruim, e, então, Grey ouviu tiros sendo disparados.

— Argh!

Ben, que já tinha sofrido muito dano com a tempestade, agora tinha perdido o escudo por causa dos disparos dos inimigos. Eles tentaram se proteger, mas Ben caiu no chão e só conseguia rastejar, não parecia haver solução... a não ser que eles tentassem reanimá-lo.

E isso definitivamente faria todos morrerem.

— Pra mim já era... escondam-se! — gritou Ben, enquanto seu personagem levava outro tiro e caía de vez, seu saque espalhado em volta do corpo.

Ben foi eliminado por Sandhya.

Grey e Tristan ainda estavam na tempestade, com os inimigos atirando neles da zona segura. Eles se agacharam atrás de uma montanha pequena e Tristan construiu uma rampa para que subissem de forma mais segura e pudessem fugir da tempestade.

Mas era tarde demais.

Os outros jogadores tinham captado a posição deles e atiravam implacavelmente. Grey atirou em resposta, como viu Tristan fazendo, mas os disparos que eles acertavam não bastavam quando os dois tinham tão pouca saúde devido ao dano da tempestade. Grey caiu, e Tristan se foi logo em seguida.

Hazel eliminou Grey.
Hazel eliminou Tristan.

O saque dos dois se derramou de seus corpos e os vitoriosos fizeram uma dança antes de pegar o que queriam e seguir em frente. Então Hazel estava se saindo tão bem no segundo jogo quanto no primeiro. E claramente se juntara a algum esquadrão.

Grey só podia esperar que um dia tivesse sua vingança.

CAPÍTULO 6

Embora Grey tivesse sido eliminado, ele se sentia muito melhor por estar na posição 57 naquela batalha, comparado com a posição 100 da última vez. E, para melhorar, uma tela pipocou em sua visão lhe mostrando as recompensas que ele tinha recebido pela média do seu novo ranking. Agora na posição 78, ele conquistara uma mochila quadriculada e a cor azul para a asa-delta de seu personagem. Não era tão bacana quanto as coisas que Ben e Tristan tinham, mas já era alguma coisa.

Grey apareceu no mesmo lugar em que estivera antes do começo da batalha — na área de prática com Ben ao seu lado. Nada tinha mudado na área em volta deles. O sol continuava na mesma posição, assim como as nuvens. A única mudança que ele podia ver era que as construções tinham desaparecido. A área devia ser reiniciada a cada batalha.

Ben tinha um grande sorriso estampado no rosto:

— Viu? Nós nos saímos melhor juntos!

— Sim. — Grey também sorriu. — Foi divertido.

Tristan ainda caminhava na frente deles e não voltou para comentar. Em vez disso, ele seguiu andando de volta até o galpão de prática.

— Seu ranking médio provavelmente deu um bom salto, né? Conseguiu skins para mudar o visual? — perguntou Ben.

— Uma mochila e uma cor de asa-delta — respondeu Grey.

Ele mal podia esperar para experimentá-los no próximo jogo.

— Legal. Você também ganha coisas se ficar na mesma média por vários jogos — disse Ben.

— Tipo assim, se ficar ranqueado entre 50 e 60 por vinte jogos, você ganha coisas novas.

— Bacana.

Não seria fácil, mas Grey não se sentia mais tão sem esperança de voltar para casa como depois do primeiro jogo. E ele também queria ajudar Ben e Tristan a subir no ranking. Eles estavam ali havia muito tempo e mereciam voltar para casa. Tinham sido muito gentis por ajudá-lo em vez de só ajudarem a si mesmos.

— Qual foi a posição mais alta que você já ocupou no ranking? — perguntou Grey.

Ben não pareceu muito feliz ao responder:

— Então, nunca cheguei muito mais alto do que uma média de 50. Mas é bem difícil. Nós ganhamos jogos antes... não somos, tipo, tão ruins... é só que você tem que *sempre* chegar perto de vencer para conseguir uma média alta, o que é quase impossível. A não ser para o Tae Min. Aquele sujeito... é um deus. Ninguém nem se compara.

— Tae Min?

Grey não tinha observado atentamente a tabela da competição na última vez que esteve perto dela, apenas o próprio ranking e o de alguns outros. Mas o nome era familiar. Grey tinha quase certeza de que era a pessoa que tinha eliminado Hazel no primeiro jogo.

— Sim, ele é um sujeito estranho. Está aqui desde o início, como eu e Tristan, consegue um monte de Vitórias Royales e é sempre o melhor jogador durante a maior parte da temporada. — Ben e Grey estavam de volta ao galpão de prática, e Ben apanhava novas armas para treinar. — Mas no fim ele sofre várias derrotas de propósito... tipo derrotas de ranking 100... e acaba não ficando entre os cinco melhores. Ele poderia ter ido para casa em todas as temporadas, mas é como se não quisesse ir.

— Por que não?

Grey não conseguia imaginar ficar naquele lugar durante um ano. Embora jogar alguns jogos na realidade virtual tivesse sido legal, ele já sentia falta de casa, dos seus amigos. Ele também não tinha visto nenhuma comida, e lhe parecia que também sentiria falta daquilo em breve.

— Ninguém sabe. Tae Min é um sujeito reservado. — Ben olhou para a parede de armas, sua energia habitualmente alta diminuindo. — As pessoas tentam puxar assunto quando percebem que ele é tão bom. Ficam convidando ele para fazer parte de esquadrões, mas Tae Min sempre rejeita todo mundo e faz tudo sozinho. Eu e Tristan o convidamos ainda na primeira temporada, mas ele disse que não precisava de pessoas para ficar atrapalhando. Essa foi a última vez que o convidei, apesar de Tristan ter tentando mais algumas vezes.

—Atrapalhando? — Grey achou que aquilo soava confiante demais. — Então ele é meio babaca?

— Sim, acho. — Ben soltou um longo suspiro e acabou devolvendo todas as armas. — Mas não sei bem. Ele não é como as pessoas daqui que zombam e provocam muito os adversários. Ou como as que contam vantagem o tempo todo, apesar de ser melhor do que todas essas. Ele é apenas calado. E cada vez que ele sabota a própria colocação...

— O quê?

Grey insistiu quando percebeu que Ben não ia terminar a frase.

—Alguém que você nunca acharia que chegaria entre os cinco melhores começa a ganhar todas as batalhas e sobe muito rápido. — Ben encolheu os ombros. — Não posso provar nada, mas é meio como se Tae Min escolhesse uma pessoa para ocupar o lugar dele. Alguém que ele ache que merece, apesar de nunca ser capaz de fazer aquilo sozinho. Não sei como ele os ensina a ganhar tão rápido, mas juro que é isso o que faz. Então não posso chamá-lo de babaca para valer, embora talvez ele seja. Ele é só o Tae Min.

Grey balançou a cabeça. Não sabia o que pensar dessa nova informação, mas o que sabia era que ele não era apenas um noob no *Battle Royale*.

Ele também era um noob nesse mundo virtual. E isso parecia ser tão perigoso quanto.

Com apenas cem jogadores sempre lutando entre si e ninguém mais, as coisas estavam fadadas a ficar complicadas também fora das batalhas. Muitas dessas pessoas provavelmente tinham um passado compartilhado. Rivalidades. Alianças. Amizades. Ele pensou em como a Administradora tinha falado que esse era um "experimento social". Grey estava começando a ver como aquilo era verdade.

Ele também desejou que Tae Min o escolhesse. Que sorte seria! Se o melhor jogador das cinco temporadas o ajudasse, aquela seria a forma mais garantida de sair. Mas não lhe parecia ser possível convencer Tae Min... parecia que Tae Min era a pessoa que escolhia, e ninguém conhecia seus critérios.

— Certo, chega de drama! — declarou Ben. — Então, me diz, quanto você jogou antes de ser sugado para cá?

— Era literalmente minha primeira vez entrando no jogo — admitiu Grey. — Vi meu amigo Finn jogar, mas meus pais não me deixaram jogar até o fim do ano letivo.

— Caramba. Você tem uma pontaria decente, essa é uma boa habilidade natural. Vamos trabalhar as estratégias de armadilha antes da próxima batalha. Pode ser útil em locais apertados como aquelas casas das Fontes Salgadas.

Ben se levantou e apanhou algumas armadilhas. Grey fez o mesmo.

— Boa ideia. Cadê o Tristan?

— Provavelmente emburrado por aí. Ou pedindo para entrar num novo esquadrão — disse Ben. — Ele costuma fazer isso.

Aquilo surpreendeu Grey.

— Isso não o incomoda?

Ben fez uma pausa antes de responder:

— Um pouco, mas não é pessoal. Ele quer mesmo sair. Acho que ele sente muito mais saudades da Alemanha do que um dia vai admitir em voz alta. Ele na verdade não é muito de videogame... ele era um escalador, participava de competições.

— Sério?

Grey não conseguia visualizar aquilo, mas era difícil imaginar o que qualquer um dos participantes fazia fora do jogo.

Ben balançou a cabeça positivamente:

— Ele me contou certa noite, ainda no início, quando estava com saudades de casa. Ele disse que perderia a chance de disputar o campeonato juvenil, ou algo assim, e que era o mais cotado para vencer.

— Que droga.

Grey de repente se sentiu mal por causa de Tristan, mesmo que ele não tivesse sido muito agradável até o momento. A vida de Grey era bastante comum — seria horrível perder algo bacana como aquilo.

— Sim — falou Ben. — Então às vezes ele tenta entrar num grupo melhor, mas os esquadrões só recrutam quando querem, não quando os outros pedem. Tristan acaba parecendo desesperado... e está mesmo. Ele sempre volta sem um novo esquadrão.

Grey não sabia o que dizer sobre aquilo.

— Ele também não é má pessoa — continuou Ben. — Você tem que levar em conta que todo mundo que está aqui quer sair. A não ser, talvez, o Tae Min. Nós tentamos ser amigos, mas no fim das contas estamos lutando uns contra os outros, sabe? Não posso ficar chateado com o Tris por querer encontrar uma chance melhor de ir embora. Às vezes isso me faz sentir um lixo, mas eu compreendo.

— Por que você não tenta entrar num esquadrão melhor também? — perguntou Grey.

— Nós apenas temos formas diferentes de pensar. — Ben entregou a Grey um monte de armadilhas. — Veja bem, eu acho que, se treinar bastante e conseguir ser um jogador incrível, então as pessoas virão até mim pedindo para eu me juntar a elas. Talvez eu ainda não seja bom o suficiente, sabe? Tris acha que já somos bons o suficiente, e que os outros estão nos sabotando. Ele tenta driblar o sistema. No fim das contas, acho que é um meio-termo. Mas isso é o melhor que eu posso fazer, sabe?

Grey pensou naquilo por um momento.

— Acho que penso mais como você. Preciso de muito treino, então vou melhorar e vencer.

Ben sorriu:

— Viu? Eu percebi no momento em que você apareceu aqui. Muitas pessoas acham que é tudo uma questão de sorte e não de treino, então elas simplesmente não vêm para cá. Mas vamos provar que elas estão erradas, não vamos?

— Sim, com certeza.

E então eles treinaram preparar armadilhas. Ben mostrou a Grey como, se olhasse com atenção, ele poderia ver as bordas na parede ou no chão. Ele disse que armadilhas inimigas tinham um brilho amarelo e as dos amigos tinham um brilho azul. Muitos novatos não prestariam atenção, mas isso poderia salvar a vida de Grey e render posições no ranking. Ele ficou feliz em aprender, porque nunca tinha notado aquilo antes.

Então eles disputaram as demais partidas do dia. Eles não se saíram melhor do que naquele segundo jogo, mas também não foram tão mal.

Tristan foi quem mais conseguiu eliminações entre eles e tinha mesmo uma pontaria precisa. Ele também sabia construir mais rápido do que Grey podia sequer imaginar. Dava para ver que Tristan estava se esforçando muito para ir para casa.

Depois do quinto e último jogo do dia, Grey apareceu no galpão principal com o restante dos jogadores. Foi estranho, porque ele estava numa fila, não ao lado de Ben ou Tristan, mas ao lado de pessoas que ele não conhecia.

Ninguém se moveu, então ele imaginou que deveria permanecer ali.

A Administradora apareceu:

— As batalhas do primeiro dia terminaram e esses são os seus rankings. Por favor, verifiquem também no quadro onde fica seu alojamento, que será permanente durante a temporada. Para que ninguém seja favorecido ou prejudicado, todas as pessoas devem estar na cama às dez horas e acordar às oito. Qualquer um encontrado fora de suas cabanas depois das dez horas será penalizado com a perda de ranking. Fora isso, vocês estão livres para se misturar e praticar.

Quando a Administradora desapareceu, todos relaxaram e começaram a reencontrar seus esquadrões. Grey olhou para a tabela de classificação. Depois de cinco partidas, ele estava na posição 71. Muitas pessoas tinham ranking médio empatado, incluindo Ben e Tristan — Grey percebeu que esses eram os esquadrões. Ninguém estava na posição 100, como ele tinha começado.

Tae Min estava no topo, com um ranking chocante de 1. Grey mal podia acreditar que ele tinha vencido todos o dia inteiro. Isso era impossível. Nem mesmo os melhores streamers do *Battle Royale* venciam sempre.

Kiri estava na posição mais baixa, era a 90 do ranking. Grey a viu estudando a distribuição dos alojamentos. Em vez de chorar como antes, ela só franzia a testa com raiva. Ele não sabia dizer se aquilo era fachada ou não, mas ainda se sentia mal por ela. Eles tinham uma vaga aberta em seu esquadrão e ele desejava poder convidá-la a se juntar a eles. Se ele tinha conseguido melhorar tão rápido com um pouco de ajuda, talvez Kiri também pudesse.

Só que Tristan não gostaria daquilo; já quase nem tinha deixado Grey entrar.

Mas Grey não conseguia se livrar daquela ideia. Ele tinha a sensação de que as pessoas estavam descartando Kiri antes mesmo de ela mostrar seu potencial. Ele realmente queria dar a ela essa chance, como Ben tinha dado a ele.

Em seguida, Grey descobriu onde dormiria. Ele ficou feliz ao ver Ben e Tristan em sua cabana e ficou surpreso por ver Tae Min lá também. O quinto companheiro de quarto era um cara chamado Lorenzo, que ele ainda não conhecia.

— Você está falando sério?

Era a voz de Ben. Ao se virar, ele o viu com Tristan. Eles não pareciam felizes.

— Você sabe que não posso recusar essa oferta — disse Tristan. — Eles sempre ficam na casa dos quarenta pelo menos, às vezes na casa dos trinta.

Parecia que Tristan realmente tinha sido recrutado por um esquadrão de ranking mais elevado dessa vez.

— Sim, eu sei. — Ben parecia magoado, apesar de ter falado que compreendia. Ele respirou fundo. — Boa sorte, então.

— Para você também — respondeu Tristan, com uma ponta minúscula de remorso. — Você merece algo melhor.

Enquanto Tristan se afastava de Ben, Grey se sentia mal, mas também aliviado. Seria muito mais fácil convencer Ben de que deveriam colocar Kiri no esquadrão.

Agora ele teria apenas que conversar com ela e descobrir se teria interesse em se juntar a eles.

CAPÍTULO 7

Grey tinha várias horas ociosas antes do toque de recolher obrigatório, então se aproximou de Ben e imediatamente começou:

— Sinto muito pelo Tristan.

Ben balançou a cabeça.

— Como eu disse, isso ia acontecer uma hora ou outra. O novo esquadrão dele foi um dos melhores na última temporada, e o jogador principal foi enviado para casa no fim. Havia apenas uma vaga aberta. Ele é um cara de sorte.

Parecia que Ben desejava ser um cara de sorte também.

— Você teria entrado naquele esquadrão se eles tivessem duas?

Ben não respondeu.

Grey percebeu que Ben provavelmente o teria deixado sozinho se recebesse uma oferta. Eles precisavam de uma mudança de tópico, então Grey respirou fundo e juntou sua coragem para perguntar:

— Então, eu estava pensando em convidar a Kiri para treinar com a gente, talvez até entrar no esquadrão se ela não for tão ruim quanto parece.

Ben se encolheu.

— Não sei... ela parece ser medrosa.

— Talvez ela apenas seja nova, tipo eu — rebateu Grey.

Ben esperou um momento para responder, e falou:

— Acho que não faz mal oferecer uma sessão de treinamento. Se você conseguir fazer com que tope. Aquela garota tem muita cara de quem quer ficar sozinha.

— Encontro você lá — disse Grey.

Não parecia que haveria nada para comer, e ele não tinha sentido fome ou a necessidade de ir ao banheiro, então chegou à conclusão de que treinar era basicamente tudo o que podiam fazer. Mas, embora não estivesse com fome, Grey desejou que houvesse comida. Ele sempre ficava ansioso pela hora da refeição.

Uma quantidade muito maior de pessoas começou a seguir para a área de prática do que tinha ido entre as batalhas. Mas Kiri estava sentada à mesa, longe de todos os outros. Grey caminhou em sua direção e, quando o notou, ela revirou os olhos, entediada:

— Você não aprende, não é mesmo?

— Eu aprendi, na verdade — disse Grey com confiança, enquanto apontava para o quadro de classificação. — Estou vinte posições acima de você agora.

Ela olhou com desprezo para ele por causa do comentário.

— Escute, estou tentando ajudar — continuou Grey. — Nós acabamos de perder um integrante do esquadrão. Está tudo bem se você não quiser ficar conosco, mas, se quiser, está convidada. Pelo menos venha treinar comigo e com o Ben. Ele é muito legal e tem sido assim desde o princípio... ele sabe muita coisa. Nós todos nos ajudaríamos, sabe?

Kiri franziu os lábios, pensando:

— Faz sentido. Eu tenho sofrido deveras.

— Deveras? — Grey sorriu com aquele termo. O jogo podia traduzir tudo de outras línguas e sotaques, mas aparentemente não traduzia expressões. — Você é do Texas ou algo assim?

— Nova Zelândia, parceiro — respondeu ela.

— Ah, uau, que bacana — disse Grey. Ele gostava de ouvir sotaques diferentes e estava triste por não ouvir o dela. — Certo, Ben deve estar esperando. Vamos.

— Supimpa.

Ela se levantou e, enquanto eles caminhavam, Grey começou a se sentir pouco à vontade no silêncio.

— Então, é a sua primeira vez jogando? — perguntou ele, quando não conseguia mais suportar.

— Sim — respondeu ela, com uma pontinha de raiva. — Perdi uma aposta para o meu irmão e ele me fez experimentar. Deveria ser ele preso aqui. Não eu. Eu nem gosto de videogames. Eu gosto de esportes.

— Ah. — Isso explicava o pânico. — Bem, ele deve ter ficado chocado quando você desmaiou na frente do computador.

Kiri abriu o menor dos sorrisos.

— Não pensei nisso dessa forma. Mas espero que ele se sinta culpado.

— Aparentemente estamos todos em coma — falou Grey. — Então é provável.

— Foi a sua primeira vez também? — perguntou Kiri.

Grey assentiu:

— Eu tinha visto alguns dos meus amigos jogando, mas nunca tive a chance de jogar eu mesmo. As aulas acabaram hoje e meus pais me deixaram jogar porque tirei boas notas.

— Um prêmio e tanto...

Ele riu um pouco:

— Sim. E, bem, se você parar para pensar, isso é uma espécie de esporte. É uma competição.

— Não é netball, mas acho que é verdade — disse ela.

— Netball?

Grey não tinha ouvido falar de um esporte chamado netball, mas talvez fosse algo como críquete, que não era popular nos Estados Unidos.

— Grey! Kiri!

A voz de Ben os chamava e Grey demorou um momento para avistá-lo com todas as pessoas no espaço de treino aberto. Era o caos em comparação a mais cedo, com esquadrões construindo grandes estruturas e lutando uns contra os outros de dentro delas. Embora as coisas parecessem competitivas, dava para ouvir risadas e pessoas conversando e o clima não parecia nem de perto tão tenso quanto era no jogo.

— Ei, você é Ben, imagino — disse Kiri, quando eles chegaram suficientemente perto.

— Sim. — Ben sorriu, apesar de antes ele não parecer animado com a possibilidade de ela se juntar a eles. — Obrigado por se juntar a nós. Não sabia se você viria.

— Eu não agradeceria. Eu sou uma porcaria — admitiu ela.

— Isso pode mudar — disse Ben. — Vamos ver se podemos encontrar algo em que você seja boa. Ou pelo menos algo de que você goste. Temos algumas horas.

— Claro. — Kiri olhou para as construções à sua volta. — Como eles constroem tão rápido?

— Prática. — Ben gesticulou para que eles seguissem para o galpão em busca de armas e materiais. — Construir é, na verdade, uma parte enorme de como os melhores times vencem. Eu gostaria de ser melhor nisso, mas sinto que estou na média, no máximo. Normalmente não chego ao fim do jogo, que é quando as pessoas constroem muito.

— Mas talvez devêssemos focar no básico — falou Grey. — Ela nunca jogou nem ao menos assistiu.

— Certo. Legal. — Ben pegou algumas armas na parede. — Então, qual é a parte mais difícil até agora, Kiri?

Kiri mexeu nas pontas dos cabelos longos e espessos.

— Tudo? Eu vejo uma pessoa nas batalhas e simplesmente... entro em pânico. Eles estão atirando em mim antes que eu pense em atirar de volta. E sou eliminada.

— Certo, então o negócio é treino de tiro! — disse Ben. — Nós podemos nos afastar da multidão e você pode treinar atirar em nós, tudo bem? No treino você não se fere ou é eliminado, então apenas descarregue as armas em nós até você se sentir melhor em relação à sua pontaria. Vamos de novo para a cidade fantasma.

— Um pouco mais de prática de esquiva me faria bem — falou Grey. — Por mim, perfeito.

— Supimpa — disse ela.

Armados e prontos, eles seguiram para a cidade fantasma na área de prática. O sol ainda estava no mesmo lugar, embora supostamente fosse mais tarde naquele "dia". Grey se perguntou se a iluminação alguma hora mudaria, mas percebeu que ela não mudava no Fortnite *Battle Royale*, então por que mudaria aqui? O cenário estava todo parado, nada estava de fato crescendo, não havia animais, não havia noite. Grey tinha a sensação de que aquilo ficaria entediante rápido.

— Então, Kiri — falou Ben. — Você fica na escola, certo? Nós vamos na sua direção e você fica de olho e dispara toda vez que vir a gente. Não tenha medo de errar... você não vai ficar sem munição. Apenas tente se acostumar às pessoas vindo até você.

— Certo.

— Grey, afaste-se e tente ser sorrateiro — disse Ben.

— Beleza.

Grey estava pronto e animado. Ele gostava da ideia de ajudar outra pessoa, mesmo que fosse uma competidora.

Ele partiu correndo na direção oposta de Ben, decidindo que sairia nos campos e montanhas ao redor. A escola ficava no fim da rua da cidade fantasma, e Ben veio andando abaixado na direção da construção para tentar uma abordagem diferente. Grey se abrigou atrás de um aglomerado grande de pedras e contou até sessenta antes de decidir voltar.

Esperar provavelmente deixaria Kiri mais estressada, o que ajudaria no jogo. Grey a imaginou buscando um alvo desesperadamente. Ele não ouviu nenhum tiro, então Kiri também não tinha encontrado Ben.

Grey espiou por trás da formação rochosa. A escola era uma pequena mancha a essa distância, mas aquilo não queria dizer que ela não o veria. Ele tinha visto jogadores disparando incríveis tiros de precisão a longa distância. Kiri provavelmente não sabia que ela podia fazer aquilo, mas ele não pretendia descartar a possibilidade.

Vendo um grupo de árvores próximo, ele decidiu que aquele seria seu primeiro destino no caminho de volta. Ele começou a correr — pular também — na esperança de desviar de balas em potencial.

O som de um tiro ecoou na área.

Para o choque de Grey, seu corpo piscou para indicar que ele tinha sido atingido.

Ele continuou a correr, sendo atingido mais uma vez antes de chegar às árvores. Seus olhos se arregalaram enquanto ele olhava fixamente para a escola. Será que era Kiri? Ele estava tão distante. Não podia ser ela. Talvez fosse outra pessoa na área tirando sarro dele. Ele olhou à sua volta, tentando encontrar outro culpado.

Não viu ninguém.

O abrigo mais próximo era uma construção nos arredores da cidade. Dessa vez, ele estava determinado a focar na escola para ter certeza de que os tiros vinham de lá.

Grey começou a correr e, como ele previa, um clarão de fogo veio da torre do sino na escola. Ele piscou de novo. Se aqueles tiros contassem como dano, ele certamente estaria eliminado a essa altura. Um dos disparos não o atingiu e então ela o acertou mais duas vezes antes de Grey se proteger atrás da construção.

Tiros ainda eram disparados, mas dessa vez havia mais vindo de dentro da escola. Devia ser Ben.

Grey começou a correr para a escola e dessa vez nenhum tiro veio em sua direção. A luta estava acontecendo do lado de dentro. Quando chegou mais perto, ele escutou os gritos e berros de uma Kiri em pânico:

— Sai daqui! Sai daqui! Sai daqui!

— Estou bem na sua frente! — berrou Ben de volta. — Como você pode errar de tão perto?

Grey subiu correndo as escadas que levavam à torre do sino e os viu na outra ponta da construção atirando um no outro. Kiri tinha quebrado várias paredes e telhas em sua tentativa de acertar Ben, que se movia para frente e para trás para evitar suas investidas.

— Estou tentando! — gritou ela em resposta. — Você me assustou! Como eu deveria saber que você ia entrar escondido?

— Eu avisei que era o que a gente ia fazer.

Ben começou a rir.

Kiri parou de atirar e começou a rir também:

— Eu sei e mesmo assim entrei em pânico. Viu? Sou péssima.

Ben franziu a testa.

— Odeio dizer isso, mas...

— Você não é, não — falou Grey.

Kiri soltou um grito de surpresa, pois nenhum dos dois tinha notado que ele estava ali.

— Não faz isso!

— Sinto muito. — Grey se aproximou, empolgação correndo em suas veias. Ele se virou para Ben. — Cara, ela me acertou umas cinco vezes da posição de sniper.

Ben parecia confuso:

— O quê?

Grey apontou para a abertura na torre do sino:

— Eu fui até aquela formação de pedras. A que distância você acha que ela fica daqui?

— Coisa de pelo menos trezentos metros — respondeu Ben. Ele apanhou seu rifle de precisão e o ergueu. — Duzentos e setenta e dois, para ser exato.

— Bem, ela me acertou várias vezes — disse Grey.

— É mais fácil acertar alguém quando eu tenho tempo para mirar — explicou Kiri. — E não tem ninguém em cima de mim me assustando. Você nem mesmo me notou.

— Normalmente estar longe assim torna tudo mais difícil — falou Grey. — Eu teria sido eliminado. Ben, você acha que ela é, tipo assim, alguma sniper natural ou algo do gênero?

Ben ergueu uma sobrancelha.

— Não sei, mas devíamos testar. Sem querer ofender, mas uma coisa é ela ser capaz de acertar você e uma outra história é ela conseguir me acertar.

— Não estou ofendido — respondeu Grey. Ele entregou a Kiri a arma de precisão dele, que era melhor do que a dela. — Aqui, tente com essa também.

— Certo...

Kiri não parecia acreditar em suas próprias habilidades, mas, se Grey estivesse certo, eles tinham acabado de encontrar uma aliada incrível. Nem todo mundo conseguia atirar bem de longe. Na maioria dos casos, eram apenas tiros de sorte. Se Kiri tivesse mais do que apenas sorte, eles seriam capazes de ficar muito bem no ranking.

— Vamos construir uma estrutura mais alta e ver o que ela pode fazer — falou Ben. — Venham.

Eles seguiram Ben até a montanha onde Grey tinha se escondido, atrás das pedras, e construíram uma torre muito mais alta do que a escola. Kiri ficou no topo dela e sorriu.

— Eu me sinto muito mais segura assim. Tenho que aprender a construir torres. É muito melhor do que ficar em campo aberto.

— Se você souber como usá-las para ter vantagem... — disse Ben. — Tem que ter cuidado, se os inimigos a derrubarem. Você pode cair e morrer.

— Bom saber. — Kiri ajoelhou e levou o olho até a mira. — E agora?

— Vamos desaparecer e você tenta nos acertar se nos vir. — Ben já estava descendo a rampa. — Eu sou um alvo bem mais difícil do que o Grey.

— Você se acha o tal, hein? — perguntou Kiri.

— Tal o quê? Hmm, claro. Agora concentre-se! — Ben continuou a correr e Grey o seguiu enquanto descia a rampa da estrutura. Quando eles estavam mais longe de Kiri, Ben sussurrou: — Se ela for uma boa sniper, nós temos muita sorte. Eu entendo por que Tristan foi embora, mas ainda quero fazê-lo se arrepender disso.

— Vou ajudar como puder — disse Grey. — Talvez, se ela for boa como sniper, eu possa me concentrar em aprender a construir.

— Sim, com certeza. Isso seria perfeito. — Eles ficaram parados ao pé da torre e Ben parecia esperançoso enquanto pensava no que fazer. — Certo, você segue para lá e eu vou na direção oposta. Dessa forma nós podemos ver como ela lida sendo cercada.

— Positivo, capitão.

Grey correu na direção designada e entrou numa área densa de árvores. Na última vez, ele tinha esperado um minuto, mas dessa, decidiu esperar muito mais. Não era como se estivessem ficando sem tempo. Ele imaginava que eles ainda contavam com mais de uma hora para praticar antes do toque de recolher. Ele não sabia muito sobre snipers, mas imaginou que havia paciência envolvida. Também não se achava capaz de atuar nesse papel — ficaria impaciente e ia querer descer e encontrar pessoas para eliminar. Ou ficaria com medo de ter alguém mirando nele ao ficar no mesmo lugar por tanto tempo.

Parecia que Ben estava usando a mesma abordagem de Grey, porque a área ao redor estava silenciosa. Havia tiros ao longe, onde todos estavam se atacando perto do galpão de prática, mas, tirando isso, não havia nada para escutar além da própria respiração.

A natureza à sua volta não fazia barulho, a não ser que ele interagisse com ela, e Grey nunca tinha percebido como o mundo real era barulhento quando ele saía pela sua porta de manhã. Sons de trânsito. Vento nas árvores. Pássaros cantando. Não havia nada como aquilo ali, apenas o som da respiração e dos passos, os efeitos sonoros de coisas quebrando e tiros.

Depois de um tempo que lhe pareceu cinco minutos, Grey começou a se mover entre as árvores de volta na direção de Kiri. Havia uma pequena clareira, e o menino ficou curioso para saber se ela já estava com seu olho de lince nele, então correu por ali em vez de contornar pelas beiradas.

Ele foi atingido.

E sorriu com aquilo.

Ele ainda devia estar a, pelo menos, duzentos metros de distância. Aquela garota tinha que ter binóculos no lugar dos olhos para perceber um movimento tão distante. A mira podia tê-la ajudado a apontar, mas a pessoa ainda precisava saber para onde olhar primeiro.

Outro som de tiro, mas Grey não viu nenhum brilho de balas dessa vez. Kiri devia ter encontrado Ben também. Grey torceu para que ela o tivesse atingido no primeiro tiro, assim ele não poderia mais dizer que era melhor em táticas de evasão — qualquer evasão parecia ser sorte dessa distância. Vários outros tiros seguiram, mas nenhum foi direcionado a Grey.

Quando ele chegou à beira da floresta, Kiri o reencontrou e não poupou balas com seu suprimento infinito de munição. Ela tinha finalmente percebido que podia derrubar obstáculos se continuasse a atirar, então árvores caíam enquanto ela mantinha o foco em Grey. Ele foi atingido várias vezes, embora ela não conseguisse dizer quanto dano aquilo teria causado ou se eram *head shots*, que causavam os maiores danos e eram os mais difíceis.

Ele e Ben enfim chegaram de volta à torre. Enquanto subiam as rampas para encontrar com Kiri, Ben não conseguia parar de rir.

— Como eu me saí? — perguntou Kiri com um sorriso largo.

— Acho que você já sabe — respondeu Ben. — Por favor, por favor, junte-se ao nosso esquadrão. Nós a protegeremos enquanto você mata todo mundo à distância.

— Vai fazer todo mundo se arrepender por ter descartado você — acrescentou Grey, torcendo para que ela aceitasse.

Kiri afastou os olhos deles, seu rosto ficando sério.

— Por que você não me descartou, Grey?

As palavras de Grey ficaram presas na garganta. Ele sentia que dizer a coisa errada poderia arruinar a chance deles. Ele respirou fundo e decidiu pela honestidade:

— Bem, todos merecem uma chance, não é mesmo? O simples fato de alguém ser novo em algo não significa que um dia essa pessoa não será a melhor. Todo mundo começa de algum lugar. Ninguém precisa ficar envergonhado por isso.

Kiri balançou a cabeça:

— Está bem, estou dentro. Eles vão se arrepender por terem ignorado a gente.

Ben deu um soco no ar e Grey soltou um suspiro aliviado. Eles iriam precisar de mais treino, mas ele tinha a sensação de que formariam uma ótima equipe.

Especialmente porque agora tinham uma arma secreta.

CAPÍTULO 8

Depois de preencher cada minuto restante com treino, Grey e Ben seguiram para a cabana. Kiri dormiria numa cabana diferente com algumas das outras jogadoras. Hazel, que já estava ranqueada na casa dos trinta depois do primeiro dia, provocou Kiri quando ela entrou. Grey teve que se segurar muito para não dizer que Hazel se arrependeria daquilo.

Os jogadores acabariam percebendo como Kiri era boa, e, por enquanto, eles tinham que manter as habilidades florescentes dela em segredo. Isso lhes daria muito mais vantagem nas batalhas do dia seguinte.

Grey e Ben foram os últimos a entrar em sua cabana, e os outros três sujeitos os encararam enquanto escolhiam suas camas. Eles acabaram descobrindo que o tal "Lorenzo" da lista da cabana era o jogador de futebol americano que também tinha começado naquele dia. Tristan tentou fingir que tinha esquecido quem eram Ben e Grey, sem nem olhar na direção deles.

E ainda tinha o último sujeito, que devia ser Tae Min.

Grey tentou não encarar, mas, depois do que ele já tinha ouvido falar sobre Tae Min, era difícil não querer espiar o cara que ninguém conseguia vencer. O sujeito que poderia ter saído na primeira temporada, mas ainda estava aqui.

Tae Min era alto e magro, quase gracioso enquanto arrumava sua área da cabana. Ele tinha cabelos pretos que chegavam na altura dos ombros e escondiam parte do rosto. Ele parecia muito mais delicado do que Grey esperava, embora Ben o tivesse descrito como calado. Era difícil visualizar esse sujeito eliminando qualquer um no jogo. Mas todos também tinham descartado Kiri, e, depois das muitas vezes que fora alvejado a distância essa noite, Grey tinha a sensação de que ela acabaria sendo uma das melhores.

— Vi que vocês pegaram aquela menininha — falou Lorenzo com uma risada, enquanto se estatelava em sua cama. — Estão tentando perder ainda mais feio?

— Ben gosta de acolher vira-latas — disse Tristan. — Sempre gostou.

— Todo mundo merece uma chance — rosnou Ben em resposta. — Você não está feliz por seu novo esquadrão ter lhe dado uma, Tris? Você já vem implorando há várias temporadas.

— Ahhh, o baixinho é invocado — falou Lorenzo, com uma risada.

— Dá para ver que você "compreende" — disse Tristan a Ben.

— O fato de eu compreender não significa que eu tenha que gostar. — Ben se apoiou na beira da cama que ele tinha escolhido, encarando Tristan de volta. — Você vai voltar correndo para mim dessa vez quando eles o expulsarem? Isso vai torná-lo um vira-lata, não é mesmo?

— Eu gosto dessa cabana! — Lorenzo observava com uma espécie estranha de satisfação. Seus olhos se moveram na direção de Grey. — Você vai entrar nessa maravilhosa troca de insultos, noob?

— Prefiro deixar que minhas habilidades falem por mim — respondeu Grey.

— Que habilidades? — zombou Tristan. — Você mata um ou outro e já acha que é ótimo.

— Não. — Grey estava odiando o clima do quarto. A competição. As bravatas. As brigas. — Mas é o meu primeiro dia. Vou treinar, melhorar e então o meu ranking e todas as outras pessoas poderão falar por mim.

— Você nunca vai ter um ranking melhor do que o meu — falou Tristan. — Ben vem tentando essa "pegada honesta" há cinco temporadas e veja onde ele está. No mesmo lugar de sempre.

— Nós vamos vencer seu esquadrão — disse Ben. — E você vai ver só.

Tristan sacudiu a cabeça:

— Continue pensando assim. Você sabe que isso não vai rolar.

— Vamos fazer isso amanhã — respondeu Ben, seu rosto agora vermelho por causa de toda a raiva que ele vinha segurando.

Grey ficou preocupado com a possibilidade de ele revelar os talentos de Kiri, mas Ben se segurou.

— Claro. — Tristan abafou uma risada. — Estou ansioso para ver.

Todos os jogadores devem estar na cama em um minuto!

Grey subiu na cama, pois não havia muito mais a fazer. Ele não tinha que se lavar — mesmo com toda aquela correria não havia nem uma gota de suor em seu corpo. Embora, depois do que Ben tinha acabado de falar, ele achasse que poderia suar até seu lençol ficar encharcado. Talvez eles pudessem vencer o esquadrão de Tristan um dia, mas amanhã?

Grey nunca conseguiria adormecer por estar preocupado com aquilo. Seu esquadrão tinha potencial, mas ele não sabia se eles teriam o tipo de sorte necessária para vencer Tristan logo no dia seguinte. Mas, repentinamente, seu cérebro se silenciou, e tudo ficou preto.

Tão rápido quanto Grey "adormeceu", também acordou num estalo no dia seguinte. Ele não sonhou. Não sentiu que o tempo tinha passado. Era indescritivelmente estranho acomodar-se na cama e se sentir descansado num piscar de olhos. Ele podia ver por que a Administradora os fazia descansar, mesmo que seus corpos fossem apenas virtuais. Depois de todo o caos do dia anterior, sua mente precisava de tempo para se acalmar. E ele se sentia mais calmo.

Pelo menos até se lembrar da declaração de Ben sobre eles ganharem de Tristan hoje.

As batalhas começam em uma hora!

— Venha, Grey, vamos encontrar Kiri — disse Ben.

— Vocês vão criar estratégias para ganhar do meu esquadrão? — perguntou Tristan.

Ben o encarou.

— Você não é o único jogador no *Battle Royale*. Temos que criar estratégias para ganhar de *todo mundo*.

— Vem logo. — Grey pegou Ben pelo braço e o tirou da cabana para o sol brilhante e imutável. Eles não precisavam perder tempo brigando com Tristan, e ele tinha a impressão de que as coisas só piorariam entre eles. — Não deixe ele irritar você. Você tem razão. Temos que vencer muita gente.

— Por que ele não pode simplesmente ficar numa boa? — resmungou Ben. — Ele não tem que esfregar na minha cara. Achei que nós éramos...

Amigos. Grey conhecia Ben há apenas um dia, mas sabia que era isso o que ele ia falar. Ben podia ter entendido como o jogo funcionava e que ele era impiedoso, mas isso não o impedia de se importar com os outros. Grey achava que essa era uma qualidade admirável, especialmente porque parecia que ficar preso ali tinha tornado muitas pessoas menos atenciosas e as deixado mais parecidas com inevitáveis trolls da internet.

Por falar em trolls, Grey avistou Hazel e seu esquadrão cercando Kiri e rindo dela.

— Divirta-se sendo a última colocada hoje de novo! — falou uma mulher que parecia ter a idade de Hazel.

Ela tinha cabelo preto e longo como Kiri, mas o seu era liso. Hazel e a mulher riam com dois outros sujeitos que Grey não conhecia.

— Obrigada, Sandhya — murmurou Kiri.

— É meu objetivo pessoal matá-la primeiro pelo menos uma vez hoje — disse Hazel com um sorriso malicioso. — Só desiste logo.

Kiri não parecia tão forte ou confiante diante desse grupo. Eles estavam ranqueados na casa dos trinta, como o novo grupo de Tristan, e parecia errado observar eles zombando de alguém que nem estava competindo com eles.

— Parem com isso — falou Grey, embora todos no esquadrão fossem mais velhos do que ele. — Por que vocês não vão insultar alguém com o mesmo ranking de vocês? Vamos, Kiri.

Kiri correu na direção dele, seus lábios tremendo como se ela estivesse segurando as lágrimas.

— Aí estão vocês.

Hazel tirou seu cabelo verde curto do rosto.

— Você pode me dizer quem eu devo insultar quando conseguir me eliminar, pirralho.

Grey queria ser corajoso como Ben e dizer que ele podia vencer Hazel, mas eles não precisavam ser o alvo principal de *dois* esquadrões que estavam entre os quarenta melhores.

— Só ignora, Grey. — Ben se intrometeu. — Vamos treinar um pouco mais.

— Tanto treino — falou um sujeito no esquadrão de Hazel. — Tão pouco progresso. Há quanto tempo você está aqui mesmo, Ben?

— Uma temporada a mais do que você, Jamar! — respondeu Ben, apesar de não se virar.

Grey não sabia qual dos dois sujeitos do esquadrão era Jamar, mas imaginou que descobriria mais cedo ou mais tarde.

— Por que todo mundo é sempre tão *cruel*? — perguntou Kiri.

Ben suspirou.

— Não sei. Algumas temporadas foram melhores do que outras. Na temporada três, as pessoas entraram para valer na onda do "trabalho em equipe". Essa agora está se revelando como a edição do pega pra capar. Pior do que a temporada dois.

— Que maravilha — disse Kiri, enquanto caminhava com passos pesados na direção do galpão de prática. — Pelo menos eu me sinto como se quisesse atirar em tudo hoje.

— Ótimo.

Grey a seguia. Ele estava pronto para atirar em algumas coisas também.

Antes de as batalhas começarem, todos foram teletransportados para o galpão principal da mesma forma como tinham começado no primeiro dia. Eles estavam numa fila por ranking, e a Administradora apareceu diante deles como antes.

— Bem-vindos ao Dia Dois de batalhas! — falou. — Para informar sobre o estado do jogo... todos os itens continuam os mesmos e não há mudanças no mapa. Nenhuma anomalia foi relatada e não há nenhuma alteração iminente no jogo atual. Se alguma mudança vier a ocorrer, vocês serão informados uma semana antes.

Grey ergueu uma sobrancelha. Ele não tinha imaginado que poderiam ocorrer mudanças no jogo enquanto ele estava vivendo ali dentro. Isso poderia ser interessante. Talvez aquelas "atualizações" acontecessem quando os jogadores "dormissem".

— Eu lhes desejo sorte nas batalhas de hoje — disse a Administradora.

Quando ela desapareceu, a contagem regressiva para a primeira batalha começou.

Logo Grey estava de volta no transporte aéreo familiar, e as pessoas começaram a saltar. O Ônibus de Batalha estava lotado mesmo depois de metade do tempo de desembarque, e Grey soube imediatamente qual era a razão. Os esquadrões que os maltratavam fora do jogo sabiam quem eles eram por causa de suas skins e pretendiam se assegurar de fazer o mesmo dentro do jogo também.

— Olha o Tristan ali — disse Ben a Kiri. — Aquele com o equipamento sem graça, mas com a mochila chamativa. Ele definitivamente está revelando quem somos para o esquadrão dele para que possam garantir eliminações.

— Isso é tão injusto — falou Kiri.

— Esses outros devem ser do esquadrão da Hazel — disse Grey.

Eles tinham skins especiais, e não só mudavam as suas roupas, mas também ficavam com novos penteados e feições diferentes. Ele tinha a impressão de que a garota de cabelo verde com marias-chiquinhas era Hazel, pois ela não teria medo de exibir a própria identidade no jogo.

Pelo menos o esquadrão de Hazel não podia conversar com o de Grey, e eles não tinham que escutar todos os seus comentários maldosos. Só tinham que se preocupar com a possibilidade de serem eliminados.

— O que devemos fazer? — perguntou Kiri. — Hazel vai mesmo me matar primeiro. Ela passou cada minuto me insultando ontem à noite até que fomos forçadas a dormir.

— Nós fazemos os esquadrões do Tristan e da Hazel atirarem um no outro primeiro — disse Ben com confiança. — Eles acham que vai ser divertido acabar conosco, mas eles se preocuparão mais com seus próprios rankings. Eles são uma ameaça maior um para o outro do que nós somos para eles.

— Isso é verdade. — Grey se sentiu um pouco melhor com aquilo em mente. — Então, se nos esquivarmos e mantivermos distância, talvez possamos matar alguns deles.

— Vamos para os Campos Fatais. Podemos pousar na construção mais alta e torcer para encontrar um rifle de precisão para Kiri — falou Ben.

— Estou dentro — disse a garota.

— Saindo!

Ben pulou. Grey e Kiri saltaram logo atrás. E, como era esperado, várias pessoas os seguiram. Ben acelerou na direção da fazenda e do agrupamento de construções. Ele acionou a asa-delta para guiar seu voo, e Grey tentou segui-lo da melhor maneira que conseguiu.

Ele também tentou não olhar para trás e ver todas as pessoas que vinham pegá-los, mas teve medo de que eles pudessem segui-los diretamente até o telhado do celeiro. Ele lembrou a si mesmo de que seus inimigos também precisariam de equipamentos se quisessem eliminá-los. Alguns dos integrantes do esquadrão se espalhariam para encontrar itens antes de voltarem.

No momento em que pousaram no celeiro, Grey usou sua picareta para quebrar o telhado. Kiri estava um pouco lenta, mas também pegou a dela. Ninguém tinha pousado lá com eles. Grey imaginou que os outros estariam no andar térreo apanhando armas que usariam para matá-los.

Havia um grande baú dourado bem na frente deles, e eles o abriram para encontrar exatamente o que estavam esperando encontrar — um rifle de precisão para Kiri.

— Supimpa! — Ela apanhou o rifle e a munição que o acompanhava. — Posso ficar com o escudo também?

— Sim. Grey, pegue as granadas — disse Ben. — Eu me viro com a pistola.

— Certo.

Grey apanhou as cinco granadas, torcendo para que fossem úteis. Ele ouviu o barulho de destruição no andar de baixo, com certeza mais alguém estava lá, apesar de ele não saber qual esquadrão.

— Pode ser que dê para achar mais itens por aqui.

Ben correu para o lado oposto do andar de cima do celeiro, onde ficava um espaço escondido atrás de alguns fardos de feno. Como ele tinha previsto, havia um baú ali também. Eles o abriram e encontraram um rifle de assalto azul, ataduras e mais um pouco de munição.

Nada mau para o começo. Uma pena que houvesse pelo menos oito pessoas atrás deles.

— De volta para o telhado? — perguntou Grey depois que eles recolheram o saque.

— Sim.

Ben usou a madeira que tinha conseguido quebrando o telhado para construir uma rampa para voltar. E foi bem a tempo, porque alguém quebrou o piso, e tiros atravessaram a abertura. Grey queria cobrir os ouvidos de tão alto que soou o barulho a essa pequena distância.

Kiri gritava enquanto corria, pois o pânico de oponentes próximos ainda era um problema para ela. Eles precisavam se distanciar um pouco. Grey jogou uma granada, que explodiu sem acertar ninguém, mas fez os inimigos recuarem. Ele jogou outra, derrubando alguém dessa vez.

— Um adversário no chão! — gritou ele.

— Acabe com ele antes que o reanimem! — disse Ben.

Grey descarregou suas granadas sobre o esquadrão e as pessoas se espalharam para longe do companheiro de equipe caído. Os itens da pessoa se derramaram do corpo, e uma frase chocante apareceu na visão de Grey:
Você eliminou Hazel.
Ela fora a primeira a ser eliminada na batalha. Grey tinha a sensação de que pagaria por aquilo, mas ainda assim se sentiu bem depois dela se vangloriar e de todas as maldades. Ele subiu a rampa correndo até o telhado, onde Ben estava quebrando peças para usar na construção.
— Quem é o primeiro eliminado agora?
Kiri riu.
— Sim, mas temos que sair daqui.
— Preciso de uma arma — disse Grey.
Hazel tinha deixado cair uma metralhadora decente, mas seu esquadrão a pegara, e ele não era ousado o bastante para enfrentar todos eles. — Estou sem granadas.
— Pegue a pistola até... — começou Ben, mas então um som alto surgiu atrás deles. — Não!
— O quê? — perguntou Kiri.
— Lançador de foguetes! Corram!
Ben pulou do telhado, mas, antes que Grey e Kiri conseguissem, o disparo caiu bem sobre eles. O teto explodiu. Grey caiu no chão engatinhando em "estado atordoado", e o escudo de

Kiri a manteve viva por pouco. Ela saltou para se proteger, sua barra de saúde estava perigosamente baixa.

Como Grey estava num esquadrão, ele podia rastejar e torcer para chegar em algum lugar onde seu grupo pudesse reanimá-lo. Então ele tentou saltar do telhado onde sua equipe pulou, mas logo ouviu o segundo foguete. Ele era um alvo fácil.

E então virou um alvo morto.

Eliminado por Tristan.

— Aquele bundão sortudo conseguiu um lançador de foguetes de primeira? — gritou Ben. — Novidade.

— Bem, faz parte do jogo, não é? — disse Grey, embora desejasse ser a pessoa a pegar o item bom no começo para variar.

— Armação — resmungou Kiri. — Sinto muito, Grey.

— Apenas tente viver o máximo que puder — falou Grey. — Eu fui o décimo a morrer, então seu ranking já vai melhorar, Kiri.

— Vai mesmo. Mas o seu não — respondeu ela.

— Há muitas outras partidas.

Grey tentou acreditar naquilo. Se eles tinham cinco partidas por dia durante dois meses, aquilo dava em torno de trezentas partidas. Ele não podia entrar em pânico depois de apenas seis. Ninguém podia ficar à vontade com tão poucas partidas.

Como ficou evidenciado pela derrota prematura de Hazel nessa partida.

Ben e Kiri não duraram muito mais. O grupo de Tristan estava de olho neles, e os inimigos os abateram antes que eles pudessem escapar dos Campos Fatais.

No momento em que a batalha acabou, Grey se preparou para o que poderia acontecer quando todos voltassem ao galpão. Cada jogador estaria lá, o que significava que Hazel e seu esquadrão o estariam esperando, visto que ele a eliminou em primeiro lugar. Grey queria que aquilo a calasse, mas tinha a sensação de que causaria a reação oposta.

— Grey!

A voz de Hazel se parecia com a da mãe dele quando ficava irritada.

Ele não teve tempo para encontrar Kiri ou Ben. Grey partiu em disparada, abandonando o galpão pela saída mais próxima. Ele ainda podia ouvir a voz de Hazel berrando seu nome. Mas ele era mais rápido do que Hazel fora da batalha, onde a velocidade de seus avatares era regulada para manter o jogo justo.

— Volte aqui para eu lhe ensinar uma lição! — gritou ela.

Grey foi até o galpão de prática e apanhou algumas armas. Então planejou fugir para as montanhas o mais rápido possível.

— Aonde você está indo? — berrou Ben, enquanto ele e Kiri o alcançavam.

Ele nem tinha notado que os dois o estavam seguindo.

— Estou me escondendo da Hazel! — Se ele conseguisse fugir dela, esse seria seu plano pelo menos para o resto do dia. — Não preciso ouvir o que ela tem a dizer sobre aquelas granadas!

Ben e Kiri riram. E Kiri falou:

— Bem pensado, parceiro!

— Conheço um bom lugar — disse Ben. — Como ela é nova, não vai conhecer.

Ben guiou Grey e Kiri até um rio entre duas montanhas íngremes. Havia uma caverna ali, na qual Grey teria ficado com medo de entrar se não soubesse que tudo era apenas um videogame e que não haveria urso nenhum ali dentro.

— Não foi o melhor primeiro jogo, mas acho que podemos melhorar — falou Ben, enquanto se sentava numa pedra. — E certamente foi incrível matar Hazel primeiro.

Grey sorriu.

— Valeu muito a pena.

— Acho que você pode dizer a Hazel quem ela deve parar de insultar agora — disse Kiri com uma risada.

— Duvido que ela escute — admitiu Grey. Apesar do ranking alcançado na batalha não ter sido nem um pouco bom, ainda havia algo ali que tornava aquilo diferente do dia anterior. Ele não estava estressado. Poderia até dizer que se divertiu. — Mas gostei de como trabalhamos em equipe. Foi legal da sua parte dar às pessoas armas que combinassem com elas, Ben. Acho que isso funciona muito melhor do que Tristan ficar com todas as coisas boas.

Ben assentiu, dizendo:

— Também acho.

— Só temos que ter mais sorte com onde pousamos — disse Grey.

— E precisamos de mais tempo para nos preparar. — Kiri recostou na parede perto de Ben, seu rosto sério, mas sem parecer aborrecido. — Como tiramos esse pessoal do nosso rastro? Eles sabem quem somos por causa dos nossos equipamentos ruins. Eles com certeza vão nos procurar de novo na próxima batalha.

— Vamos todos voltar à nossa configuração padrão — disse Ben. — Às vezes os principais jogadores também fazem isso para não chamar atenção.

— Meu amigo Finn faz isso! — comentou Grey. — Ele finge ser um noob, fica parecido com um personagem padrão.

Ben sorriu.

— Queria que ele estivesse aqui para ajudar.

Grey sentiu uma pontada de saudade.

— Eu também.

— Se pularmos na primeira leva de jogadores — continuou Ben —, será mais difícil eles descobrirem quem é quem. Mesmo se nos seguirem, têm uma chance muito maior de errar no palpite.

— Gosto disso — disse Grey. — Aonde devemos ir na próxima?

— Sei que já tentamos, mas há uma casa no alto de um penhasco perto dos Campos Fatais — respondeu Ben. — Ela tem itens decentes e é um bom local de vigia.

— Pode ser — falou Kiri. — Eles podem pensar que não escolheríamos a mesma área duas vezes.

— Então está decidido — disse Grey.

O garoto tentou não sorrir, mas ele gostava de jogar com Ben e Kiri. Se na vida real pudesse brincar com os dois fora desse maldito *Battle Royale*, ele continuaria com eles. Era divertido.

E isso era algo importante.

CAPÍTULO 9

Era só a segunda batalha do dia, mas Grey estava com um bom pressentimento. Talvez o fato de ele ter matado Hazel estivesse alavancando sua confiança, ou talvez fosse apenas a forma como sua equipe estava trabalhando em sincronia. Embora Tristan fosse um bom jogador, ele não era um jogador de *equipe*. Agora todos eles eram, e aquilo diminuía a pressão de estar preso ali.

Não que Grey quisesse ficar preso no *Battle Royale* para sempre, mas ter alguns amigos tornava o suplício muito mais suportável.

No momento em que o Ônibus de Batalha se abriu, Grey, Ben e Kiri saltaram com a maioria dos outros. Com um punhado de gente vestindo skins padrão, ficava muito mais difícil dizer quem era quem a não ser pelos companheiros de esquadrão.

Os Campos Fatais ficavam do lado oposto do mapa de onde eles planavam pelo céu, mas eles percorreram um longo caminho no voo. Muitas pessoas caíram em locais diferentes no mapa enquanto eles seguiam seu curso. As Torres Tortas eram o destino de metade dos jogadores, e os outros saltaram em grupos depois.

Dessa vez, ninguém os seguiu, então o plano de saltar cedo funcionou. Talvez eles tivessem uma chance de se estabelecer antes de a luta começar.

Ben acionou a asa-delta e Grey fez o mesmo. Eles seguiram na direção dos Campos Fatais, e Grey viu a casa na montanha que o amigo tinha mencionado. Como de costume, Ben mirou no telhado, mas então soltou um grande arquejo.

— O quê? — A voz de Kiri parecia em pânico.
— Já tem alguém lá?
— Não! Vejam! — insistiu Ben.

Grey apertou os olhos, tentando ver o que tinha deixado Ben tão exaltado. A casa não estava quebrada, nem havia ninguém na montanha. Mas então ele avistou uma coisa roxa no gramado em frente à casa. Agora era Grey que estava arquejando:

— É uma lhama!

— Uma lhama? — Kiri riu. — Isso tudo é por causa de uma lhama qualquer?

— É uma pinhata cheia de suprimentos! — disse Grey. — Nenhuma arma, mas muitas coisas boas para valer, em grande quantidade. Essa é a nossa batalha da sorte!

— Ahhhh! Excelente! — falou Kiri. — Vamos destruir essa coisa, certo?

— Pode apostar!

Ben pousou em frente à lhama e começou a golpeá-la com sua picareta.

Grey se juntou a ele e logo a lhama se quebrou e cedeu seus tesouros. Ele não conseguia evitar sorrir enquanto olhava para toda a munição, os materiais, escudos e ataduras. Havia também uma plataforma de lançamento, que podia ser usada para saltar no ar e reativar a asa-delta, além de várias armadilhas.

— Kiri, fique com as balas pesadas — disse Ben. — Elas servem para as armas de precisão. Tem muita munição. O que você quer, Grey?

— Vamos dividir as médias e torcer para acharmos rifles de assalto na casa. — Grey pegou a munição. — Você pode ficar com aquela munição de lançador de foguete. Talvez, se encontrarmos um lançador, você possa mostrar a Tristan como se usa.

— Obrigado — falou Ben, com um sorriso.

— Vou ficar com os materiais também, porque acho que consigo construir mais rápido.

— Boa ideia. Eu vou pegar a plataforma de lançamento e as armadilhas — disse Grey.

Depois de dividirem a munição e os outros itens, eles fizeram o mesmo com as ataduras e os escudos. Grey já se sentia melhor equipado do que nunca — a não ser pelo fato de eles precisarem de armas — e ainda nem tinham saqueado a casa. Eles entraram correndo e encontraram mais três baús. Nenhum era tão incrível quanto a lhama, mas eles ofereceram exatamente as coisas que o esquadrão precisava.

— Um rifle de precisão de repetição! — falou Ben, animado. — Essa arma é para você, Kiri.

Kiri pegou o rifle:

— Que belezinha, hein?

— Já temos uma — disse Grey. — Faltam duas armas.

Eles revistaram o restante da casa, encontrando os dois rifles de assalto de que precisavam, embora um deles não fosse tão bom quanto o outro. E, no último baú, encontraram algo que fez Ben rir.

— Sério? Um lançador de foguetes? Que sorte. — Ele o pegou. Grey e Kiri não discutiram. Parecia apropriado ele ter aquela arma depois da última batalha. — Não vamos desperdiçar essa oportunidade, pessoal.

— De jeito nenhum — falou Grey.

Eles ainda não tinham visto ninguém, mas vinte jogadores já tinham sido eliminados.

Tempestade se aproximando em dois minutos e trinta segundos!

Grey checou o mapa e o olho da tempestade estava perfeitamente situado sobre eles. Ele não conseguiu evitar um sorriso.

— Podemos nos estabelecer aqui por algum tempo se quisermos.

— Vamos construir uma torre alta, de onde Kiri possa atirar — disse Ben.

— Precisaremos de mais material, apesar de termos conseguido alguma coisa com a lhama — falou Kiri. — Eu não tenho nada.

— É melhor nos abastecermos rápido e voltarmos — disse Ben.

Grey não conseguia afastar o nervosismo enquanto eles desciam de sua posição no alto para os Campos Fatais. Mas havia muitas árvores de onde tirar madeira e eles talvez pudessem juntar mais algumas armas sobressalentes se os Campos Fatais ainda não tivessem sido saqueados por completo.

Eles derrubaram árvores no caminho e Grey logo tinha mais de trezentas unidades de madeira. Enquanto o grupo se aproximava dos campos, Grey trocou para seu rifle de assalto e ficou de olho na aproximação de outros jogadores.

Como tinha previsto, ele avistou alguém atrás do celeiro. Sem pensar, ele mandou bala. Números de danos brilharam e logo o jogador estava caído.

— Acabe com ele — disse Ben. — Estou procurando os outros.

— Pode deixar.

O dano extra de uma boa arma facilitou o trabalho para Grey eliminar o jogador.

Você eliminou Martine.

Não era um nome que ele conhecia, mas Grey aceitaria a vitória sobre qualquer um.

— Telhado! — falou Kiri. Ela estava segurando seu rifle de precisão e, com um disparo, o inimigo caiu no solo. — Ah! *Head shot!* Haha!

— Boa! — disse Ben, enquanto usava sua arma para finalizar o jogador do telhado.

Ben eliminou Coco.

— Roubando o meu crédito! — falou Kiri.

— Foi mal. — Ben já estava se movendo na direção da construção quando o jogador eliminado soltou seus itens. Ele construiu uma rampa para eles poderem subir. — Está vendo mais alguém?

— Não — respondeu Grey. Ou eles eram apenas dois, ou o restante do esquadrão tinha desistido deles. O outro saque estava no meio do campo, mas ele não sabia se era uma boa ideia ir até uma área desprotegida para pegar as coisas. Coco tinha deixado cair alguns rifles e outra arma de precisão, e aquilo já ajudava.

— Não temos muito tempo até a tempestade se fechar. Logo, mais pessoas estarão aqui.

— Sim, vamos embora — disse Kiri. — Temos materiais suficientes?

— Sempre dá para usar mais — respondeu Ben. — Ficar no máximo não vai fazer mal.

As trezentas unidades de madeira que Grey tinha pareciam suficientes, mas ele confiou na experiência de Ben. Eles quebraram mais algumas árvores no caminho de volta até a casa na montanha.

Enquanto subiam para a posição original, o olho da tempestade começou a encolher. Ainda havia muito espaço em volta, pois aquele era apenas o primeiro movimento da tempestade, mas Grey sabia que aquilo traria mais competidores para a área. O número de jogadores eliminados crescia depressa, da casa dos vinte para a dos cinquenta, conforme as pessoas tentavam chegar à zona segura.

Mas eles ainda contavam com um pouco de sorte, porque o círculo da próxima tempestade estava bem em cima da área em que estavam posicionados. Ali era quase que o melhor lugar possível.

Agora só precisavam de uma torre.

Grey não tinha experiência suficiente com as ferramentas de construção, mas sabia que devia começar construindo quatro paredes para protegê-los de todos os lados. Ben acrescentou uma rampa, e eles subiram um andar. Kiri mantinha a vigilância do topo, e, quando ela começou a disparar tiros, Grey entrou em pânico, achando que a torre seria destruída bem debaixo deles.

Kiri eliminou Jamar.

— Ótimo tiro! — exclamou Ben.

— Espere... — A sensação de temor de Grey só aumentava. — Jamar não era do esquadrão da Hazel?

— Sim, eles estão aqui — disse Ben.

Kiri resmungou:

— Ela está vindo atrás de mim de novo.

— Não estamos construindo rápido o bastante, estamos? — perguntou Grey.

— Eu falei que não sou muito bom nessa parte — respondeu Ben, parecendo nervoso. — Precisamos apenas de mais alguns andares. E, Kiri, olhe para cima também. Às vezes as pessoas constroem torres no céu.

— Torres no céu? — perguntou ela.

Grey tinha visto aquilo em vídeos.

— Sim, eles se enchem de material e constroem as coisas no céu.

— Esse pessoal é louco — disse Kiri, enquanto disparava mais alguns tiros. — Quem pensa em fazer algo assim?

— Gente briguenta — respondeu Ben. — Mas concentre-se apenas nos tiros. Você está indo muito bem.

Kiri eliminou Guang com um head shot.

— Viu? Você está mandando ver!   falou Grey, enquanto ele tentava freneticamente construir a torre para eles.

Ele sabia que ninguém tinha chegado até o alto da montanha onde eles estavam, mas aquilo não o fazia se sentir seguro. Havia outras formas de chegar mais alto. Se não fosse uma torre no céu, então poderia ser uma plataforma de lançamento.

— Mais dois estão vindo. Devem ser Hazel e Sandhya — disse Kiri. — Mas desta vez elas se protegeram. Acho que estão construindo para nos atacar.

— É provável. Isso aqui deve estar alto o bastante. Vamos expandir um pouco. — Ben começou a construir alguns pedaços de chão com tijolos, que eram mais fortes que a madeira, mas levavam mais tempo para ficar prontos.

— Tomem cuidado. Elas vão tentar destruir o chão para fazer a gente cair e ser eliminado.

— Elas estão construindo tão rápido! — falou Kiri. — Estão quase na altura do meu olho!

— Minha vez então!

Ben correu até onde Kiri espiava por trás das paredes. Ele equipou o lançador de foguetes e disparou contra a estrutura dos adversários. A madeira se despedaçou com o impacto, e então, depois de mais dois foguetes, Grey teve uma visão satisfatória:

Ben eliminou Hazel.

Ben eliminou Sandhya.

— Aí sim! — Ben soltou uma longa risada. — Ela vai ficar com tanta raiva da gente.

— E eu estou presa na cabana dela! Obrigada! — disse Kiri.

Com aqueles quatro eliminados, estava claro que eles tinham derrubado todo o esquadrão de Hazel. Aquilo era algo muito importante para um grupo de ranking baixo como o deles. Apenas vinte pessoas permaneciam no mapa, e Grey não podia acreditar que estavam entre eles.

Além de Tristan, com seu novo esquadrão.

Grey não tinha muita esperança de uma Vitória Royale, mas o que ele queria muito mesmo era vencer pelo menos o esquadrão de Tristan. Queria provar para todos no mapa que ele, Kiri e Ben não deviam ser desdenhados. Não estavam dispostos a desistir e aceitar um ranking ruim.

O olho da tempestade começava a encolher, e Grey checou o mapa para ver se eles teriam que se mover. Para seu choque, a próxima zona *ainda* estava sobre eles. Não podia ser mais perfeito.

— Kiri, nos dê cobertura enquanto a gente sai para pegar aqueles equipamentos que Hazel e Sandhya deixaram cair — disse Ben.

— Certo.

Em vez de descer da torre, Ben só construiu até a torre que o esquadrão de Hazel tinha criado. Grey apanhou munição para as suas armas e pegou os escudos e ataduras. Ben trocou seu rifle de assalto por um melhor e eles encontraram várias armadilhas e um lançador de granadas, tudo útil para defender a torre.

— Tem gente vindo! — gritou Kiri. — Por cima e por baixo!

Grey olhou para cima e, como ele imaginava, havia um caminho no céu feito de madeira. Quatro pessoas corriam sobre ele, mas pareciam com formigas daquela distância. Eles não estariam no alcance de disparos, então Grey e seu esquadrão teriam que esperar que eles chegassem mais perto.

Teriam que matar os jogadores do chão primeiro.

Kiri já disparava contra eles, pois a tempestade ia se aproximando naquele lado e os inimigos estavam sofrendo dano. Grey se aproximou dela — juntos, eles eliminaram três jogadores. O quarto sofreu demais com a chuva e também acabou eliminado.

Tristan ainda estava no jogo, e apenas oito jogadores continuavam na batalha.

Isso significava que era o esquadrão de Tristan contra o deles, além de Tae Min, muito provavelmente. Embora Grey não pudesse adivinhar onde Tae Min estaria, era óbvio que Tristan era um daqueles acima deles no céu.

Enquanto a tempestade indicava que se encolheria bem sobre o esquadrão de Grey, ele viu o esquadrão de Tristan começar a construir um caminho para descer.

— Estamos em apuros — falou Grey. — Eles têm a posição mais alta.

— Temos apenas que ser pacientes — disse Ben. — Esperem até o meu sinal e todos nós descarregaremos ao mesmo tempo. Se eles caírem, já era.

Kiri respirou fundo, olhando através de sua mira:

— Quatrocentos metros... trezentos e noventa...

Ben pegou seu lançador de foguetes, enquanto Grey optou pelo lançador de granadas que tinha roubado de Hazel. O olho da tempestade era um raio tão pequeno a essa altura que seria difícil desviar. O esquadrão de Tristan começou a abrir fogo contra eles, e Grey tomou um tiro que levou a maior parte do seu escudo.

— Agora! — berrou Ben.

Grey lançou todas as granadas que ele tinha, enquanto Ben disparou o restante de seus foguetes. Kiri continuou a atirar, mas, em vez de mirar nos jogadores, ela tentou acertar o chão abaixo deles. A estrutura desmoronou, e Grey mal podia acreditar enquanto observava o esquadrão inteiro cair no solo.

Ele não conseguia ver onde os inimigos tinham caído atrás da montanha que eles vigiavam, mas sabia que Tristan e seu esquadrão não estavam eliminados ainda, porque nada foi anunciado. Pelo menos um deles tinha sobrevivido à queda de alguma forma e estava provavelmente tentando reanimar os demais do esquadrão.

— Corram! Nós temos que pegá-los antes que sejam reanimados!

Ben construiu uma rampa que descia até o topo da montanha, e eles correram para encontrar um bom ângulo para atirar. Como tinham imaginado, algum integrante do esquadrão de Tristan tinha sido capaz de construir uma rampa que deve ter impedido que eles sofressem um dano irreparável. Mas antes que o esquadrão de Grey pudesse acertá-los, uma lista de eliminações apareceu na tela.

Tae Min eliminou Farrah.
Tae Min eliminou Hans.
Tae Min eliminou Mayumi.
Tae Min eliminou Tristan.

— Droga! Eu queria tanto aquela eliminação! — disse Ben. — Ah, não.

Tae Min estava parado na beira da tempestade, no solo, e Grey olhava fixamente para ele, estarrecido. Provavelmente deveria ter pensado em atirar, mas parte dele se perguntava se algum dia testemunharia aquele momento novamente. Como Ben tinha falado, Tae Min não usava nenhum visual elaborado. Ele não chamava atenção, embora provavelmente pudesse escolher qualquer skin que quisesse, por estar na primeira posição.

O mais estranho foi que Tae Min também não atirou neles. Ele observava Grey como Grey o observava. Grey não conseguia imaginar no que o outro estava pensando, mas, antes que pudesse agir, uma bala veio voando do nada e acertou Tae Min.

Kiri eliminou Tae Min com head shot.
Vitória Royale!

Antes que Grey pudesse processar o que tinha acontecido, ele estava de volta na caverna em que tinham se escondido de Hazel.

— Nós acabamos de *vencer*?

— Sim! Kiri acabou de acertar Tae Min com um *head shot*! — Ben balançou a cabeça, descrente. — Não posso acreditar que você fez isso.

— Ele só ficou parado ali! — disse Kiri. — Não é isso o que eu devo fazer?

Ben começou a rir.

— Sim, mas era o *Tae Min*!

Kiri deu de ombros.

Ben só riu com mais vontade. E Grey se juntou a ele, enquanto a realidade de ter vencido era assimilada. Talvez metade daquilo pudesse ser sorte, mas eles tinham mesmo vencido todos os outros esquadrões. Vencido Tae Min. E, se aquilo podia acontecer uma vez, significava que poderia acontecer de novo.

    Talvez ele não ficasse preso ali para sempre no fim das contas.

CAPÍTULO 10

As três partidas restantes não foram nem de perto tão boas quanto a segunda, mas Grey não estava reclamando. Todos eles terminaram o dia ranqueados na casa dos cinquenta, e aquilo era como uma vitória quando todo mundo achava que eles estariam nas últimas posições.

A Administradora apareceu para fazer seu discurso habitual:

— Parabéns por terminarem o Dia Dois. Seus rankings estão postados na parede. Todo o protocolo estabelecido deve ser seguido, a não ser que o contrário seja indicado. Boa noite.

Grey sorriu enquanto olhava para o seu ranking de 51. O mesmo aconteceu com Kiri, que tinha pulado dos noventa para o ranking 59. Era incrível o que uma Vitória Royale podia fazer no ranking.

— Nada mal, hein? — falou Kiri. — Obrigada por me ajudar.

— Você nos ajudou — disse Grey. — Você acumulou eliminações.

— Nós nos saímos melhor hoje do que com Tristan — comentou Ben. — Aquele trabalho em equipe. Tão desvalorizado.

Grey sorriu. Era bom subir no ranking, mas era muito melhor fazer isso com uma equipe. Ele estava feliz por não ter que passar por aquilo sozinho.

— Você vai se dar mal amanhã! — berrou Hazel do outro lado do galpão. — Aquilo foi só sorte!

Nenhum deles disse nada em resposta. Era um pouco verdade, mas, ao mesmo tempo, Grey não queria irritar alguém como Hazel mais do que o necessário. Ele ficou aliviado quando ela saiu do galpão batendo pé em vez de vir confrontá-los mais uma vez. Foi quando ele viu outra pessoa vindo na direção deles, o que poderia ser ainda pior.

Tristan.

Grey se preparou para mais provocações, mas então percebeu que Tristan parecia mais chateado do que irritado.

— E aí? — falou Ben, com uma pontinha de sorriso.

— Vocês se saíram bem hoje — disse Tristan, enquanto olhava para Kiri. — Todo mundo está falando da sua sniper. Ela pode ser recrutada.

— Não vou a lugar nenhum — respondeu Kiri.

— Não decida isso tão cedo — disse Tristan, e então olhou para os próprios pés. — Meu esquadrão me expulsou para poderem tentar recrutar você. Bons snipers são raros, e você nem é treinada.

— Expulsaram você? — Ben ergueu as sobrancelhas. — Depois de um dia?

— Nosso ranking caiu dez pontos — falou Tristan. — Estão me culpando por isso.

Grey não sabia se se sentia mal ou se achava que Tristan tinha feito por merecer. Mas, de qualquer forma, aquela era uma situação desagradável. Grey olhou para Ben, se perguntando se ele falaria o que ele achava que falaria.

— Olha, se você quiser andar com um monte de noobs, ainda temos uma vaga — disse Ben. — Mas Grey e Kiri teriam que concordar. E nós trabalhamos em equipe, você não é o chefe.

Kiri ergueu uma sobrancelha.

— Acho que, se você consegue suportá-lo, Ben, eu também consigo.

Ben olhou para Grey:

— O que acha?

Parte de Grey queria dizer não, mas Tristan também era um bom jogador. Não o mais leal, mas talvez ele tivesse aprendido a lição. Grey esperava não se arrepender daquilo, mas falou:

— Todos merecem uma segunda chance, né?

Ben balançou a cabeça.

— Ou uma trigésima.

— Ei — falou Tristan. — Está mais perto da vigésima. Sinto muito, parceiro. Eu só...

— Nós todos queremos ir para casa — disse Ben. — Eu sei.

— Sim...

O rosto de Tristan ficou todo vermelho.

— Talvez possamos fazer isso juntos — falou Grey. — São cinco vagas e nós somos quatro. Não temos que lutar entre nós para irmos todos para casa no fim dessa temporada.

— Esse é o espírito! — exclamou Kiri.

Grey olhou para o esquadrão à sua volta, se sentindo melhor do que nunca. Ainda seria difícil conseguir ir para casa nessa temporada, mas o que parecia impossível há dois dias já não parecia tão ruim. Ele poderia ir para casa. Seria necessário esforço. E muita sorte. E uma dose pesada de trabalho em equipe. Mas ele era capaz.

Este livro foi composto na tipografia ITC
Bookman Std em corpo 11/16,5, e impresso
em papel off-white no Sistema Cameron da
Divisão Gráfica da Distribuidora Record.